# Heinz G. Konsalik

# Sonja und das Millionenbild

Roman für Mädchen

Tosa Verlag

Im Auftrag hergestellte Sonderausgabe

Umschlag von Brigitta Schwaiger unter Verwendung eines
Fotos von Artreference, Frankfurt

Printed in Austria

# 1

»Das also ist St. Tropez!« sagte Thomas Bruckmann.
Er hatte den Wagen hinter einer Kurve angehalten und stieg aus. Hinter ihnen stießen die Berge der Monts des Maures in den unwahrscheinlich blauen Himmel, vor ihnen lag die Küste, felsig, mit kleinen Buchten und hellen Strandflecken. Das Meer schäumte gegen die Klippen, und die Sonne tauchte die weißen Luxusvillen auf den Felsen in ein goldenes Licht. Auf einem Vorsprung zwischen zwei Buchten lag St. Tropez, ehemals ein kleines Fischerdorf, nun der Traum von Reichtum und Eleganz, von Filmschauspielern und Playboys zum Begriff geprägt.
Irene Bruckmann und Sonja waren ebenfalls ausgestiegen und blickten hinunter auf die weiß in der Sonne leuchtende Stadt.
»Ob wir sie sehen?« fragte Sonja und schob den breiten Sonnenhut aus buntem Stroh in den Nacken.
»Wen?« Thomas Bruckmann sah seine Tochter an. Sie trug lange Hosen und ein schwarzes Polohemd. Das blonde Haar flatterte unter ihrem Hut hervor. Die Hose ist zu eng, das Hemd zu ausgeschnitten, die Haare sind zu lang, dachte Bruckmann. Aber sage einer einmal so etwas zu seiner siebzehnjährigen Tochter! Schon ist man unmodern und verkalkt. Und selbst Irene fängt an, sich südlich einzustellen. Sie trägt einen weiten Rock und einen engen Pulli. Immerhin, sie kann es sich leisten. Sie sieht mit ihren 42 Jahren noch verteufelt jung aus. Und auch die Figur ist noch wundervoll. Wenn man Mutter und Tochte so nebeneinander sieht – es ist eine Augenweide für einen Mann! Ob Frauen in südlicher Sonne aufblühen? In Hamburg hatte er kaum bemerkt, wie hübsch seine Frau noch war.
Bruckmann sah an sich herunter. Ich habe einen Bauchansatz, dachte er. Wenn ich zehn Minuten gehe, tun mir die Füße und Waden weh. Er saß während des ganzen Jahres nur im Auto oder hinter dem Schreibtisch, was sollte er machen? Aber jetzt, wo er in wenigen Minuten eintreten würde in eine Welt, in der Schönheit selbstverständlich war, kam er sich ein wenig als

Außenseiter vor. Um ehrlich zu sein – Bruckmann wäre auch nie nach St. Tropez gefahren, wenn er nicht das Angebot erhalten hätte, die Einrichtung eines alten Schlosses aufkaufen zu können. Es sollten echte Möbel aus mehreren Jahrhunderten darunter sein und wundervolle Vasen.
Das hatte dem Herz des Kunsthändlers Bruckmann einen Ruck gegeben. Als er vor vier Wochen seiner Familie verkündete: »Wir fahren zum Urlaub nach St. Tropez!«, hatte Sonja einen hellen Schrei der Freude ausgestoßen, und Irene schlug die Hände über dem Kopf zusammen und hatte gestöhnt: »Das verrätst du erst jetzt? Wie soll die Schneiderin bis dahin alles schaffen?«
Nun standen sie oben auf der Höhenstraße, und das Märchen St. Tropez lag vor ihnen in der Sonne.
»Wen sehen?« fragte Bruckmann zurück. Sonja zog einen Flunsch.
»Brigitte Bardot und Curd Jürgens natürlich. Oder den Gunther Sachs.«
»Ach so.« Thomas Bruckmann wischte sich den Schweiß von der Stirn. Er sah hinüber zu seiner Frau und bewunderte ihre langen schlanken Beine. Irene Bruckmann hatte die Hand wie einen Schirm vor die Augen gelegt und blickte über das Meer.
»Mieten wir uns ein Segelboot, Thomas?« fragte sie. Seit ihrer Kindheit war es ein stiller Traum von ihr, unter einem flatternden Segel lautlos über das blaue Meer zu gleiten.
»Ich verstehe nichts vom Segeln«, sagte Bruckmann.
»Ach Papa! Man kann auch Boote mit Führern mieten. Aber noch schöner ist ein schnittiges Motorboot.«
»Benzingestank hast du im Auto genug.«
»Aber nicht auf dem Mittelmeer!« Sonja und ihre Mutter wechselten einen schnellen Blick. Der Alte! Rückständig wie seine Antiquitäten! Ob Berufe so stark abfärben?
»Fahren wir!« schlug Bruckmann vor, um weiteren Diskussionen aus dem Weg zu gehen. »Wenn es euch beruhigt – das Hotel Miramare liegt direkt am Strand.« Er stieg wieder in seinen Wagen und wartete, bis auch seine Familie eingestiegen war.

»Von oben sieht alles herrlich aus. Spätestens in zwei Wochen habt ihr es satt und findet alles langweilig. Ich kenne das doch! Das war bei euch immer so im Urlaub!«
»Wir waren auch noch nie in St. Tropez!« sagte Irene spitz.
Und Sonja fügte hinzu: »In St. Tropez ist jede Stunde ein Abenteuer! Das wirst du sehen, Papa.«
Sie sollte recht behalten. Es kamen so viele Abenteuer auf die Familie Bruckmann zu, daß sie für ein ganzes Leben reichten.

Die ersten Tage waren angefüllt mit Schauen und Bewundern. Thomas Bruckmann setzte sich nach einer Stunde Wanderung durch die Gassen und an den Fenstern der Boutiquen vorbei erschöpft unter einen Sonnenschirm eines Hafenrestaurants und bestellte einen Campari. Die Augen Irenes und Sonjas aber glänzten vor Begeisterung. Sie hatten traumhafte Schuhe gesehen, Kleider aus handbemalten Stoffen, Bikinis, die atemberaubend waren. Trotz des unwilligen Knurrens ihres Vaters hatte Sonja sich eine schicke, weiße Hose gekauft, hauteng und auf den Hüften aufliegend. Dazu ein Oberteil, so kurz, daß zwischen Hosenbund und Bluse ein breites Stück Bauch mit dem Nabel freilag. Sonja hatte es im Laden gleich anbehalten und schwebte glücklich durch die Gassen, von den Blicken der jungen Männer wohlgefällig aufgenommen.
»Im Nabel fehlt noch eine geschliffene Glasscherbe!« sagte Bruckmann giftig. »Glaubt ihr, Bäuche sind sexy?«
»Nicht, wenn sie so dick sind wie deiner!« Irene legte den Arm um ihre Tochter. »Sonja steht es fabelhaft. Und außerdem gehen sie hier alle so.«
»Wenn es Mode ist, sich Pfauenfedern in den Hintern zu stekken, macht ihr das auch mit, was?« Bruckmann schüttelte den Kopf. Daß man einen Bauchnabel bloßtrug, hielt er für total verrückt. Und das Kleid, das sich Irene gekauft hatte, würde heute abend Premiere haben. Ein roter Stoff mit Handmalerei aus Tahiti. Bruckmann grinste verstohlen. Im Süden verlieren die Frauen ihr Gehirn, dachte er. Nur gut, daß einer aus der

Familie auf dem Teppich bleibt.
Dann hatte er eine Idee, verschwand für eine Viertelstunde und kam zum Restaurant zurück in hellen modischen Hosen und einem himmelblauen, an der Brust offenen Hemd. Wortlos setzte er sich wieder an den Tisch und erwartete einen Protestausbruch seiner Familie. Aber nichts geschah. Nur Irene sagte leichthin:
»Steht dir gut, Thomas! Wirklich.«
Und Sonja stellte nüchtern fest: »Endlich wird der Papa modern! Nun paßt er zu uns!«
Bruckmann ärgerte sich über seinen Schlag ins Wasser. Aber als sie dann hinunter zum Hafen gingen und zwei langbeinige Mädchen mit flatternden Mähnen ihn anlächelten und mit den hellen Augen blinkerten, straffte er sich, hob den Kopf, fühlte sich um zwanzig Jahre jünger und gewöhnte sich an, beim Gehen leicht in den Hüften zu wiegen.
Die ersten Tage waren auch die geschäftigsten. Neben Einkaufen und der »Eroberung« von St. Tropez fuhren sie auch hinaus zu dem alten, burgähnlichen Schloß, das Thomas Bruckmann »ausschlachten« sollte, wie er es nannte. In den hohen und weiten Sälen standen wundervolle Möbel, und Bruckmann verbrachte allein in der unteren Etage vier Tage damit, die wertvollsten Stücke zu bestimmen und zu schätzen.
»Was sollen wir dabei?« fragte am vierten Tag Irene. »Soll ich von der Côte d'Azur holzwurmzernagte Sessel in Erinnerung behalten? Du brauchst uns doch nicht, um im 17. Jahrhundert zu wandeln. Sonja und ich gehen an den Strand.«
Am sechsten Tag hatte sich die Familie gespalten. Irene lang in der Sonne und bräunte, las Romane und wehrte zwei junge Männer ab, die sich neben ihr niederließen und eine Unterhaltung anfingen.
»Was soll das?« sagte Irene und schüttelte den Kopf. »Kaufen Sie sich Brillen, meine Herren! Ich könnte Ihre Mutter sein! Sie verschwenden Ihren Charme am falschen Objekt.«
Danach hatte sie Ruhe. Am Nachmittag kam dann Thomas Bruckmann und erzählte von seinen Entdeckungen im Schloß.

»Wo ist Sonja eigentlich?« fragte er einmal.
»Sie fotografiert«, erklärte Irene. »Du weißt doch, wie gute Fotos sie macht. Und wenn sie den Sachs aufs Bild bekommt, platzen ihre Freundinnen.«
Am siebten Tag kam das Schicksal auf Sonja zu.
Es hielt in Gestalt eines weißen offenen Sportwagens neben ihr. Die Räder quietschten.
»Hallo!« sagte eine Stimme neben ihr. »Wenn Ihr Herz so goldig ist wie Ihre Haare, sind Sie ein wahres Goldmädchen.«
Sonja blieb stehen und wandte sich um. Sie sah in ein lachendes, braungebranntes Männergesicht. Braune Locken fielen in die Stirn, die Zähne blitzten wie im Fernsehen bei der Zahnpastareklame. Der junge Mann sprach deutsch, ohne Akzent, als sei es seine Muttersprache.
»Sie finden sich wohl sehr witzig, was?« antwortete Sonja etwas schnippisch. Der junge Mann nickte heftig.
»Sie können nicht leugnen, daß ich recht habe. St. Tropez ist heller geworden, seitdem es Sie hier gibt.«
»Blödsinn! Was wollen Sie überhaupt?«
»Mit Ihnen einen Aperitif trinken. Ganz brav, ganz unverbindlich. Es ist jetzt genau die Zeit, wo ich meinen Calvados trinken muß.«
Gegen ihren Willen mußte Sonja lächeln. Da hatte man im Kino oder Fernsehen immer gesehen, wie freche Männer junge Mädchen ansprechen, man hatte es in Romanen gelesen und sich immer gesagt: Ja, im Film, da geht das! Und nun geschah es wirklich und auch noch in St. Tropez, auf der Hafenstraße. Ein weißer Sportwagen und ein schöner, junger Mann.
Die Tür an Sonjas Seite klappte auf. Der junge Mann beugte sich zur Seite. »Steigen Sie ein, blonder Engel! Gegen einen Aperitif können der liebe Gott und der Herr Papa nichts haben.«
»Ich kenne Sie ja gar nicht!«
»Das ist schnell gesagt. Ich heiße Michael Heideck, komme aus Hamburg, mein Vater ist Fabrikant, ich bin sein einziger Sohn,

habe das Abitur, will einmal Jura studieren – wann, weiß ich noch nicht –, freue mich, daß mein alter Herr so viel Geld geschaufelt hat, und freue mich besonders, daß ich lebe. Meine Freunde nennen mich Mischa! Noch weitere Auskünfte? Halt – ja! Ich bin weder verheiratet noch verlobt, aber immer verliebt. Zuletzt in ein Mädchen mit langen blonden Haaren, das ... na, wie heißt es denn?«
»Sonja!« sagte Sonja kurz. »Auch aus Hamburg.«
»Das darf nicht wahr sein!«
»Ist es aber.«
»Und so etwas habe ich auf dem Jungfernstieg noch nicht entdeckt?!«
»Wir gehen vielleicht zu weit auseinanderliegenden Zeiten dort spazieren.«
»Eins zu null für Sie, Sonja! Sie sind eine Kratzbürste, wie eine Katze. Aber ich liebe Katzen! Ich wollte eigentlich auch immer Dompteur werden! Wollen wir mein Talent versuchen?« Er klopfte mit der flachen Hand auf das rote Lederpolster seines Sportwagens. »Allez hopp ... aufs Kissen! Allez!«
Sonja lachte und stieg ein. »Sie sind wohl sehr stolz auf Ihr Mundwerk, was?«
»Gewonnen! Die Raubkatze sitzt!«
»Aber nur, weil ich Durst habe! Bilden Sie sich nichts ein, Mischa!«
»Danke!«
Sonja sah ihn verblüfft an. »Wieso danke?«
»Sie haben eben Mischa gesagt! Ich bin also Ihr Freund ...«
»Das ist mir nur so herausgerutscht.«
»Natürlich!« Der Wagen schoß vorwärts, die Küstenstraße entlang. Vor einem Lokal, das wie eine Piratenschenke aussah, hielten sie. Vor ihnen lag das Meer; die Wellen brachen sich an den Klippen und schäumten über die Felsen.
Am Abend saß Sonja mit verträumten Augen auf der Glasterrasse des Hotels Miramare und stocherte gedankenverloren in ihrem Abendessen. Thomas Bruckmann erzählte von dem alten Schloß. »Da hängen wenigstens 40 000 Mark Reinverdienst

drin«, stellte er fest. »Und wenn ich die Gobelins auch bekomme, mache ich ein Geschäft wie ein Levantiner!«
Sonja atmete tief auf. »Kennst du in Hamburg einen Heideck, Paps?« fragte sie plötzlich.
Bruckmann nickte. »Maschinenfabrik, Richtung Wedel. Ist Kunde bei mir. Mußt du doch kennen von den Rechnungen. Warum?«
»Ich habe den einzigen Sohn kennengelernt.«
»Wann?«
»Heute. Am Hafen.«
»Du kriegst die Motten!« Bruckmann lachte laut. »Wie klein die Welt ist. Heideck in St. Tropez! Für den alten Heideck will ich ja die Gobelins kaufen! Bring den Jungen mal morgen mit an den Strand. Der kann seinem Vater gleich schreiben, was ich ihm mitbringen werde.«
Sonja und ihre Mutter wechselten wieder Blicke. Nur Geschäfte!
»Wir gehen nach dem Essen noch etwas am Strand spazieren«, meinte Irene. »Gehst du mit?«
»Nee. Ich trinke hier meinen Wein. Ich bin heute genug gewandert.« Bruckmann lehnte sich zurück. Er hatte seine eigene Auffassung von St. Tropez.
Und das war gut so, denn Mutter und Tochter hatten sich allerhand unter vier Augen zu erzählen.

In diesen Tagen kamen in Cannes fünf Männer zusammen, unauffällige Kurgäste in modernen Sommeranzügen wie tausend andere. Nur gingen sie alle in ein Hinterzimmer eines Hotels, schlossen hinter sich die Tür ab und setzten sich um einen runden Tisch.
»Es geht wieder los!« sagte einer der Herren mit einem kleinen Schnauzbart. »In Marseille sind zehn Pfund Heroin aufgetaucht. Ein Matrose des Kreuzers ›Lyon‹ wurde im Hafen von Toulon aufgegriffen. Er hatte in den Taschen vierzig Gramm reines Morphium! Natürlich ist nicht herauszubekommen, woher der ganze Mist kommt, wer es ihnen gegeben hat, wer die

Hintermänner sind. Die kleinen Schlepper und Verteiler schweigen. Denken Sie an den Fall Briquat. Er nannte einen Namen und war drei Stunden nach seiner Entlassung aus dem Gefängnis eine Wasserleiche! Nach allem aber, was wir jetzt wissen, hat die Saison wieder begonnen. Der Rohstoff muß aus China über Hongkong und Macao kommen. Irgendwo wird es verarbeitet und dann als reines Morphium oder Kokain verbreitet. Und ich lasse mich hängen, liebe Kollegen – hier im Mittelmeerraum sitzt der Kopf der ganzen Bande! Hier wird das Rohmaterial auch verarbeitet. Unter unseren Augen. Das ist beschämend! Darum bat ich Sie zu dieser Konferenz. Unsere Länder müssen zusammenarbeiten, unsere Rauschgiftdezernate müssen sich koordinieren. Wir müssen den Chef dieses Rauschgiftringes bekommen, wenn nicht Hafenstädte und Hinterland mit Rauschgift verseucht werden sollen!«
»Und wie soll das geschehen?« fragte einer der Herren. Er kam aus Griechenland.
»Lassen wir überall, wo wir sie erwischen, die kleinen Verteiler wieder laufen. Aber von da ab wird jeder Schritt kontrolliert. Wir müssen den Faden aufrollen bis zum Ende. Und nicht die Geduld verlieren, meine Kollegen ... es hat gar keinen Sinn, auch die Distriktsbosse zu verhaften. Sie singen ebensowenig wie die Kleinen. Wir müssen an den Kopf heran!«
Die Herren sprachen noch bis in die späte Nacht miteinander und machten Pläne wie ein Generalstab. Dann gingen sie auseinander und fuhren in ihre Hotels.
Es waren die Leiter der Rauschgiftdezernate aus fünf Ländern. Und sie hatten ernste Gesichter.
Irgendwo, in diesem Paradies des Mittelmeeres, saß ein Mann, der die Hölle verteilte.
An dem Leid der Rauschgiftsüchtigen verdiente er Millionen. Dreimal hatte Kommissar Bouchard nahe vor der Lösung des Rätsels gestanden, wer der große Unbekannte war. Und dreimal wurden die Zeugen ermordet, sogar im sicheren Gefängnis. Bis heute weiß man noch nicht, wer ihnen das Gift ins Essen gemischt hatte.

Es hatte sich bald so eingespielt, daß Sonja untertags mit Mischa Heideck wegfuhr und die Küste Frankreichs kennenlernte. Korrekt hatte sich Mischa den Eltern Sonjas vorgestellt und um die Erlaubnis gebeten, Sonja ausführen zu dürfen.
»Ich kenne Ihren Vater«, sagte Bruckmann jovial. »Wenn der Sohn genauso ist, habe ich keine Bedenken. Mit anderen Worten: Ich vertraue Ihnen, Mischa!«
»Ich werde das nie vergessen, Herr Bruckmann.« Mischa verbeugte sich und entführte Sonja zu seinem schnellen Wagen.
»Ein netter Junge«, sagte Bruckmann zufrieden. »Oder hast du Bedenken, Irene?«
»Nein ...« Das klang sehr gedehnt. »Nur sind sie mir in den letzten Tagen zu viel allein. Und Sonja wird immer schweigsamer. Sonst erzählte sie mir alles.«
»Hast du deiner Mutter alles erzählt, als wir uns kennenlernten?«
»Nein ...« gab Irene zu. »Aber damals ...«
»Papperlapapp! Man soll von seinen Töchtern nicht mehr verlangen, als man früher selbst getan hat!«
Irene sah ihren Mann erstaunt an. »Du entwickelst ja neuerdings reichlich moderne Ansichten, Thomas!«
»Vielleicht macht das die Luft von St. Tropez.« Bruckmann drehte sich auf die Seite und starrte aufs Meer. Sein Blick war versonnen.
Der Verwalter des alten Schlosses hatte eine junge Tochter. Lisette hieß sie. 23 Jahre.
»Sie sein ein großer, starker Mann!« hatte Lisette gestern gesagt. »Und Sie 'aben 'aar wie Silber!«
Und Augen hatte Lisette, Augen!
Bruckmann schnaufte durch die Nase.
Er begann, St. Tropez zu lieben ...

»Du kannst küssen, als hättest du darin ein Diplom gemacht«, sagte Mischa leise und strich Sonja mit den Fingerspitzen über ihre halb geöffneten, heißen Lippen.

Und Sonja antwortete: »Das ist reine Naturbegabung. Ich wußte es bis heute auch nicht...«
Dann lagen sie nebeneinander auf der dicken Decke, blinzelten in die Sonne und hörten dem Rauschen des Meeres zu.
Ich liebe ihn, dachte Sonja. Ach Gott, ich habe schon viele Jungen gern gemocht. In der Tanzstunde, auf Partys, die Brüder der Freundinnen. Ab und zu hat es auch einen Kuß gegeben, aber nicht so wie heute. Heute ist alles anders. Heute durchströmt mich ein Gefühl von Glück. Und ich sage zum erstenmal: Ich liebe ihn... Wie schön das ist!
Mischa Heideck scharrte mit den Zehen in den runden, blanken Kieseln, mit denen der kleine Strand übersät war. Auch er war in Sonja verliebt, aber bei ihm war es anders. Er dachte jetzt an Hamburg und an Ellen Sandor. Einzige Tochter von Hermann Sandor, Boß der Niederrheinischen Stahlwerke. 20 Jahre, schwarzlockig, wild, eine Partylöwin, die ihm schon am ersten Abend ihrer Bekanntschaft den Schlüssel zu ihrem Gartenpavillon gegeben hatte. »Ellen Sandor, das ist gut, mein Junge«, hatte der alte Heideck gesagt. »Wenn Heideck und Sandor einmal zusammengehen, ist das eine gute Verbindung. Stahlerzeugung und Stahlverarbeitung – du hast den richtigen Riecher, mein Junge!«
Von da ab galten sie als heimlich verlobt. Sie konnten sich treffen, wo sie wollten. Und sie taten es ausgiebig. Sie liebten sich... wer hätte die wilde Ellen nicht lieben können?! In ihrer Gegenwart dachte man an nichts anderes. Mischa gefiel das alles, aber schloß das aus, daß man sich in St. Tropez amüsieren wollte?
Er blinzelte zu Sonja. Die kleine Bruckmann war süß. Ein Körper wie ein kleines Aas, aber im Herzen naiv wie ein Schulmädchen. Und neugierig, verteufelt neugierig...
»Wie lange bleibt ihr in St. Tropez?« fragte Mischa, nur um die Stille zu überbrücken und nicht die uralte Frage zu hören: Hast du mich auch wirklich lieb? Er haßte solche Fragen; man mußte dann immer galant lügen.
»Noch acht Tage, Mischa. Und du?«

»Ich fahre auch so um diese Zeit herum.«
»Sehen wir uns in Hamburg?«
»Vorerst sind wir ja noch hier und sehen uns jede Stunde.«
Mischa beugte sich über Sonja und küßte sie wieder. Als seine Hände über ihren Körper glitten, hielt sie sie fest und drückte sie weg. »Nicht ...«, flüsterte sie an seinen fordernden Lippen. »Bitte ... nicht ...«
Sie hielt die Augen dabei geschlossen und zitterte am ganzen Körper. Mischa Heideck ließ sich zurückfallen auf die Decke und verschränkte die Arme hinter dem Nacken.
»Böse?« fragte Sonja nach einer Weile kläglich.
»Nein.«
»Doch. Du bist böse. Aber ... versteh mich ... Nach so kurzer Zeit ... wir kennen uns gerade zehn Tage. Und wir wissen nichts voneinander.« Plötzlich warf sie sich herum und lag quer über Mischas Brust. Ihr schönes Gesicht war wie aufgelöst. »Ich liebe dich doch, Mischa. Das weißt du. Und ich weiß, daß du mich liebst ... aber ... ich habe Angst ...«
»Schon gut, Sonja.« Mischa streichelte ihre blonden Haare. Etwas in seinem leichtsinnigen Herzen klang auf. Mitleid?
»Du liebst mich doch, Mischa?«
Die Frage. Die uralte, langweiligste Frage der Welt. Da war sie, wie erwartet. Mischa nickte gewohnheitsgemäß.
»Aber ja, mein Engel«, sagte er, wie schon so oft. »Du bist das herrlichste Mädchen der Welt. Für dich lohnte es sich, seßhaft zu werden ...«
Sie küßte ihn dankbar und legte ihren Kopf neben seinen Kopf. Er umfaßte sie, und umschlungen lagen sie unter der Sonne vor dem rauschenden Meer.
Mischa dachte wieder an Ellen Sandor. Die Bilder, die ihm dabei vor Augen kamen, paßten gar nicht zu der Innigkeit und Keuschheit, die er jetzt umfaßt hielt.
»Komm«, sagte er nach einer Weile. »Wir fahren noch etwas die Küste entlang in Richtung St. Raphael. Dort gibt es wunderbare Badebuchten. Willst du noch schwimmen?«
»Das wäre wunderbar, Mischa!«

Sie fuhren langsam die Uferstraße entlang, hielten ab und zu und bewunderten die einzelnen, in die Felsen gebauten Villen mit den großen Swimmingpools, in die man Meerwasser pumpte. Zwischen St. Maxime und St. Raphael hielt Sonja plötzlich den Arm Mischas fest und zeigte zum Meer.
»Sieh mal! Wie ein Märchen! Das muß ich fotografieren! Das wird ein einmaliges Bild.«
Vor ihnen lang eine kleine Bucht, umgrenzt von bizarren, kahlen Felsen. Das Meer mußte hier sehr tief sein, denn nahe an dem weißleuchtenden Strand schaukelte eine herrliche weiße Motorjacht im blauen Wasser. Zwei Männer in weißen Anzügen standen am Ufer und unterhielten sich.
»Welch ein Motiv!« sagte Sonja und stieg aus dem Wagen. Mischa folgte ihr. Sie gingen bis zu einer Felsnase, von der aus sie die ganze Bucht übersehen konnten. »Der Himmel voll Sonnengold, das leuchtendblaue Meer, die weiße Jacht, die Felsen, der Strand und darauf die zwei einsamen Männer ... das wird mein schönstes Bild, Mischa.«
Mischa sah ihr zu, wie sie die Kamera an die Augen hob, wie sie im Sucher den besten Ausschnitt festlegte und dann den Auslöseknopf niederdrückte. Sie ist verdammt hübsch, dachte Mischa und schluckte mehrmals. Und sie weiß es und spielt damit und hat doch Angst. Wenn es nicht sinnlos wäre, würde ich sagen: Mischa, du darfst dich mit Haut und Haaren in sie verlieben. Aber so ist alles nur ein Spiel. Leider ...
»Fertig?« fragte er. Sonja senkte die Kamera.
»Ja! Wenn das Bild etwas geworden ist, werde ich es riesig vergrößern und über mein Bett hängen.«
»Und ein Bild von mir dazu!« rief Mischa.
»Bei mir werden nur Bilder von Braven aufgehängt.«
»Und wieviel hängen schon da? Ehrlich, Sonja ...«
Sonja senkte den Kopf und wurde rot. »Keiner ...« sagte sie. »Du wirst der erste sein ...«
Dann lief sie zurück zum Wagen, als schäme sie sich.
Am Abend lieferte Mischa Heideck vor dem Hotel Miramare

Sonja wieder ab. In einer dunklen Ecke küßten sie sich.
»Bis morgen«, sagte er.
»Bis morgen. Ich liebe dich ...«
»Ich dich auch. Schlaf gut ...«
Sinnend ging Mischa später zu seinem Wagen zurück. Das »Ich dich auch!« war plötzlich ganz ehrlich gewesen. Er hatte es gesagt, ohne es zu wollen.
Verdammt, es ist die Wahrheit, dachte er. Ich habe mich in sie verliebt. Das sanfte Kätzchen hat mich überrumpelt. Überall in meinem Kopf sitzt sie, in jeder Gehirnwindung. Ich kann nur an sie denken.
Um dies zu ertränken, fuhr er zu einer Bar und schüttete sich voll mit Whisky. Aber er ertränkte Sonja nicht, es gelang ganz einfach nicht.
Als er auf seinem Bett lag, alkoholschwer und benommen, dachte er noch immer an Sonja und sagte laut in das dunkle Zimmer hinein: »Verzeihung ...«

Noch kurz vor Einsendeschluß reichte Sonja Bruckmann ihr schönstes Foto ein. Am letzten Tag.
St. Tropez veranstaltete einen Fotowettbewerb: »Das schönste Bild unserer Küste – unserer Stadt – unserer Menschen. I. Preis: Ein weißes Ruderboot. II. Preis: Für die Damen ein Modellkleid aus der Boutique Sachs, für die Herren eine Reitgarnitur nach freier Wahl. III. Preis: Eine ganztägige Küstenfahrt mit der Luxusjacht ›Sabrina‹.«
»Du bekommst den ersten Preis«, meinte Mischa, als er Sonjas Foto sah. Ein Bild von Weite und Frieden. Das Meer, der Himmel, die ziehenden Wolken, die weiße Jacht, die zwei Männer auf dem gelben Strand – die Atmosphäre der Côte d'Azur war einmalig eingefangen.
Die Tage bis zur Preisverteilung wurden endlos lang. Dann hingen in dem Fotogeschäft die prämiierten Bilder aus ..
1. Preis ein Foto von Jules Ronnard. Es stellte Brigitte Bardot dar, wie sie mit einem wehenden weißen Badetuch im Wind auf einer Klippe stand, umgeben vom Blau des Himmels und des

Meeres. Dagegen konnte keiner an.
Aber der zweite Preis fiel an eine Mademoiselle S. B. Der dritte Preis wurde einem Scherzfoto zuerkannt: Ein Esel fraß gerade einen Damenstrohhut, während die Besitzerin lamentierend die Hänge rang.
»Der zweite Preis! Gratuliere! Das Kleid aus der Boutique Sachs!«
Die Familie Bruckmann war fröhlichster Laune. Sonja hatte einen Preis und den jungen Heideck gewonnen, Irene hatte sich mit Schuhen und Kleidern eingedeckt und mehrfach durch Blicke und Worte anderer Männer bestätigt bekommen, daß 42 Jahre für eine Frau noch kein Alter sind. Thomas Bruckmann hatte im Schloß gute Geschäfte gemacht und billig eingekauft. Außerdem hatte er Lisette, die Tochter des Verwalters, im alten Rittersaal hinter drei hohen Stühlen geküßt. »Sie sein ein ganz Schlimmer, Monsieur ...« hatte Lisette gemurmelt, sich befreit und war davongelaufen. Für Thomas Bruckmann genügte das. Ein ganz Schlimmer ... wenn man das einem Siebenundvierzigjährigen sagt, bekommt er rote Ohren und hört die Engel singen.
Und doch herrschte etwas Trauer bei allen. Der Tag der Preisverteilung war der letzte Tag in St. Tropez. Es reichte gerade noch, das Kleid bei Gunther Sachs auszusuchen, dann hupte Thomas Bruckmann schon zum Aufbruch. Man wollte noch bis Avignon kommen und in der Stadt der Minnesänger übernachten.
Der Abschied von Mischa war kurz, aber herzzerreißend.
»Wir sehen uns in Hamburg«, sagte Mischa in einer Ecke der Hotelhalle, hinter einer Säule. »Ich rufe dich sofort an, wenn ich zu Hause bin.«
»Bestimmt?«
»Bestimmt.«
Sie küßten sich noch einmal, lange und selig, als sollten Jahre sie trennen. Dann lief Sonja schnell weg zum Lift ... Mischa sollte nicht sehen, daß sie weinte. Und auch Mischa Heideck verließ etwas zerknirscht das Hotel Miramare. In seiner Brust

bohrte es.
Es wird in Hamburg lange Gesichter geben, dachte er. Ich glaube, ich werde meinem alten Herrn sagen müssen, daß ich Ellen Sandor nicht heiraten kann ...
Und Sonjas Bild hing im Schaukasten, wurde bewundert von Tausenden Feriengästen, während sie schon längst auf der Fahrt nach Hause war, das Rhonetal hinauf, und an Mischa dachte, dessen Abschiedskuß noch auf ihren Lippen brannte.

Drei Tage nach der Preisverteilung ging Pierre Dufour durch St. Tropez spazieren. Er konnte es sich leisten, lässig und elegant den Müßiggänger zu spielen. Er hatte eine Villa bei Cannes, ein Motorboot, eine Freundin, die Mannequin war, und verdiente sein Vermögen laut Paß als Schuhimporteur. Schuhe aus Italien sind immer ein gutes Geschäft.
Pierre Dufour schien in St. Tropez bekannt zu sein. Die Kellner grüßten ihn ehrfürchtig, und er sah den langbeinigen, kurzgeschürzten Mädchen nach und konnte es sich leisten, blinzelnde Blicke abzuwehren. Für einen Pierre Dufour war nur das Beste gut genug. Das Heer der kleinen Mädchen, die in St. Tropez auf Abenteuer warteten, übersah er.
So kam er auch an das Fotogeschäft am Hafen und sah die prämiierten Bilder in den Schaukästen. Brigitte Bardot kannte er, da brauchte er kein Foto, aber der II. Preis – die Küste bei St. Raphael – zog ihn magisch an. Dann stutzte er plötzlich, wurde blaß, dann rot, beugte sich vor, drückte die Nase an das Glas des Schaukastens, betrachtete genau die beiden Männer und fuhr dann zurück, als habe er sich die Nase verbrannt. Über sein braunes Gesicht lief ein heftiges Zucken.
»O Himmel!« stotterte er. »Das darf nicht wahr sein! Das ist ja eine Katastrophe!«
Er warf sich herum und rannte zum nächsten Restaurant, stieß den Kellner zur Seite und schloß sich in die Telefonkabine ein. Mit zitternden Händen steckte er die Telefonmünzen in die Schlitze und drehte eine Nummer von Cannes.

»Hier Pierre!« sagte Dufour, als sich in Cannes der Angerufene meldete. Er tupfte sich mit einem Taschentuch den kalten Schweiß von der Stirn. »Es ist etwas Schreckliches passiert ... Chef, Sie hängen in St. Tropez im Fenster! Und was noch viel schlimmer ist, nicht Sie allein, auch der Boß! Und sein Schiff. Im Fenster eines Fotogeschäftes ... preisgekrönt.«
Mit bebenden Händen legte Dufour den Hörer auf.
Mit dieser Meinung hatte er eine Lawine ausgelöst.
Minuten später raste er mit seinem italienischen Sportwagen zurück nach Cannes.
Eine gnadenlose Jagd begann.

## *2*

Etwas außerhalb von Cannes, auf den Felsen am Meer, lag das weiße Haus von Monsieur Roger Corbet.
Corbet galt als reicher Mann, der mit Rohölen und Fetten für die Industrie seine Millionen gemacht hatte. Sein Haus war gastfreundlich, er gab oft Partys und Tanzabende. Die meisten Leute kannten sich untereinander gar nicht und sahen sich nur einmal im Leben. Roger Corbet hatte auch einige Stiftungen gemacht, einen Segelpokal herstellen lassen und gab ab und zu ein Gastspiel in Monte Carlo, wo er regelmäßig zur Freude der Spielbank große Summen verlor. Er war Mitglied exklusiver Clubs, besaß eine tolle Motorjacht, für Hochseefahrt eingerichtet, lebte – wie man sagte – seit fünfzehn Jahren in glücklicher Ehe mit einer ehemals in ganz Frankreich bekannten Schauspielerin, Paulette Lunière. Ein Mann also, der Biedermann und Charmeur in einer Person war. Ein Freund aller Schönheit. Und korrekt bis auf die Knochen.
Und doch ...
Schon seit zwei Jahren interessierte sich Kommissar Bouchard für Roger Corbet. Heimlich natürlich, denn einen so bekannten

Mann zu verdächtigen, hätte ihm eine Versetzung in die Provinz eingebracht. Aber Kommissar Bouchard fiel auf, daß es zum Beispiel in Marseille oder Toulouse auch Fetthändler gab, die weniger aufwendig lebten und die vor allem nicht diesen regen Personenverkehr hatten, den Corbet pflegte. Denn kaum ein Tag verging, an dem nicht eine Reihe großer Wagen unten auf dem Privatparkplatz standen, von dem ein steiler Felsenweg nach oben zu dem weithin leuchtenden Haus führte. Und fast immer waren es ausländische Wagen. Engländer, Holländer, viele Spanier, Deutsche, ab und zu auch Schweden.
Kommissar Bouchard tat etwas sehr Einfaches. Er notierte sich die Autonummern und fragte in den Ländern an, wer die Besitzer seien. Und siehe da: Nicht einer der Besucher Corbets hatte mit Ölen oder Fetten zu tun. Alle Berufe waren darunter, sogar ein Professor der Medizin ... nur kein Fettgroßhändler.
»Ist das nicht merkwürdig?« fragte Bouchard eines Tages seinen Vorgesetzten, den Polizeipräsidenten. »Kein Ölmann darunter.«
»Na und?« Der Polizeipräsident musterte Bouchard erstaunt. »Sind Ihre Freunde auch nur Polizisten?«
»Nein ...« Bouchard ließ das Thema fallen. Auch der Polizeipräsident war dreimal Gast bei Corbet gewesen. Seine Autonummer stand in Bouchards Notizbuch. Es hat keinen Zweck, gegen die Großen zu kämpfen, wenn man selbst nur ein Sandfloh ist, dachte Bouchard bitter. Aber ein Floh kann zwicken, und das wollte er gründlich tun!
Heute fand in der weißen Villa über dem Meer eine erregte Konferenz statt. Der Seitenteil, in dem die geschäftlichen Räume Corbets lagen, war abgesperrt, und als Pierre Dufour aus St. Tropez schwitzend eintraf, wallte ihm schon eine Wolke von Zigarettenrauch entgegen, als er die Tür öffnete.
Roger Corbet, ein mittelgroßer, eleganter Mann in einem weißen Seidenanzug, das leicht angegraute schwarze Haar glatt nach hinten gekämmt, sah Dufour mit vorgewölbter Unterlippe entgegen. Er schien ganz ruhig zu sein, nur seine Finger zerknüllten nervös ein Blatt Papier.

»Erzähl, was ist los?« empfing er Dufour.
Pierre setzte sich schwer atmend. »Im Schaukasten der Fotohandlung Zambatti hängt ein Bild. Zweiter Preis eines Fotowettbewerbs. Darauf sieht man Sie, eine weiße Jacht und einen anderen Mann, der ... der ... nur ...«
»Quatsch!« Corbet winkte ab. »Hast du dir den anderen Mann genau angesehen?«
»Ja.«
»Du würdest ihn wiedererkennen?«
»Vielleicht.«
»Das ist schade.« Corbet sah auf seine Finger. Die drei anderen Männer im Zimmer sahen erschrocken an die Decke. Dufours Kopf wurde rot, seine Augen zitterten.
»Boß ...« stammelte er. »Natürlich ... ich habe nichts gesehen ... Ich erkenne ihn nie wieder. Ich habe ein schlechtes Gedächtnis. Ich ... ich ... Boß!« Und plötzlich schrie er und umklammerte die Tischplatte. »Sie können mich doch nicht liquidieren, Boß! Ich habe doch keine Schuld, wenn das Bild da hängt und jeder sehen kann, wer der Chef ist!«
»Das ist ein Denkfehler, Pierre.« Corbet sprach ruhig und mit tiefer Stimme. »Den Chef kennt keiner. Nur du weißt jetzt, wer der Chef ist.«
»Und die Polizei!«
»Wieso die Polizei?«
Die vier Männer sahen Dufour aus starren Augen an. Das Wort Polizei in diesem Zimmer war fast wie das Erscheinen des Satans. Dufour schluckte krampfhaft.
»Die Polizei kennt Ihre Jacht, Boß! Sie wissen die Äußerung von Kommissar Bouchard. Wenn er das Bild sieht, wird er nachforschen, wer der Mann bei Ihnen ist. Und schon ist's passiert.«
»Er wird das Bild nicht sehen.« Corbet erhob sich. »St. Tropez ist nicht Cannes.« Er sah auf die vier eleganten Männer, von denen jeder aussah, als besitze er ein Riesenvermögen. »Ich werde Mr. Zero anrufen«, sagte er laut.
Der Name Mr. Zero wirkte Wunder. Es war, als würden alle

Anwesenden um ein paar Zentimeter kleiner.
Mr. Zero, der große, unbekannte Boß. Der Mann, den noch nie jemand gesehen hatte außer Corbet. Mr. Zero, dessen Hände bis nach Hongkong und Macao reichten, bis Rio und San Francisco. Der große Unbekannte im Hintergrund, der die Möglichkeit hatte, jedes Jahr über geheime Wege riesige Mengen Rauschgift nach Europa zu bringen und sie an seine Distriktsverteiler weiterzuleiten. Rauschgift, für das im Raume Mitteleuropa Roger Corbet zuständig war.
Corbet verließ den großen Raum und setzte sich in einem kleineren, salonartigen Nebenzimmer in einen Sessel. Ein wenig unsicher wählte er eine lange Nummer und wartete dann. Er zuckte zusammen, als eine harte, helle Stimme auftönte.
»Ja?!«
»Ich bin es, Corbet.«
»Was gibt es?«
»Von uns hängt ein Bild in St. Tropez, im Schaukasten eines Fotogeschäftes. Dufour meldete es. Er hat es genau gesehen.«
»Das Bild muß weg, alle Abzüge und das Negativ. Das Negativ ist mir abzuliefern.« Die kalte Stimme zögerte. »Ist Dufour schweigsam?«
»Welcher Mensch hat keine Schwächen?«
»Gut. Dann liquidieren! Ohne Spuren. Warum haben Sie eigentlich Angst, Corbet?«
»Mein Schiff ist deutlich zu erkennen. Und Bouchard . . .«
»Man sollte sich auch um diesen kleinen Kommissar etwas kümmern, Corbet.«
»Wenn Sie es befehlen . . .« Corbet atmete schwer. Er kannte Mr. Zero zu gut. Drei Mitarbeiter, in Rom, Toledo und Tunis, waren eines Tages spurlos verschwunden, weil sie Kritik an den Anordnungen Mr. Zeros zu üben wagten. Was Zero sagte, war zu tun.
»Ich sage Ihnen noch Bescheid, Corbet. Zuerst alle Fotos und das Negativ. Und dann Dufour. Aber vorher soll er noch die Fotos holen . er soll der einzige aus dem Kreis bleiben, der

mein Gesicht nun kennt.«
Corbet legte auf. Die kalte Stimme am anderen Ende trieb ihm klebrigen Schweiß auf die Stirn. Wann wird er über mein Leben bestimmen, dachte er. Verdammt, man hat einen Pakt mit dem Satan geschlossen.

Das Leben in Hamburg ging wieder seinen gewohnten Gang. Thomas Bruckmann wartete auf den Waggon mit den Schloßmöbeln, Irene berichtete im Kaffeekränzchen von einigen Anbetern am Strand, die sie aber abblitzen hätte lassen, und Sonja saß voller Sehnsucht vor dem Telefon, hinten im Büro der renommierten Kunsthandlung Bruckmann, und wartete auf einen Anruf Mischa Heidecks.
Nun war man zwei Tage wieder zu Hause, und es waren zwei lange Tage ohne Mischa gewesen. Ob er auch soviel an sie dachte, wie sie an ihn?
Am dritten Tag hielt sie es nicht mehr aus. Sie rief Mischa an und hatte Glück. Er war zu Hause.
»Ach, Sonja, du ...« sagte er. Das klang so, als müsse er sich erst groß an sie erinnern. Aber Sonja schüttelte das merkwürdige Gefühl ab. Sie sah Mischa wieder vor sich, lachend und von umwerfender Männlichkeit, wenn er in seinem offenen Sportwagen saß, über die Uferstraße jagte und seine Haare im Wind flatterten.
»Wie schmeckt die Arbeit?« fragte Sonja, nur um dem Druck in ihrem Herzen zu entgehen.
»Wie Limonade.« Mischa lachte. »Noch ist mein alter Herr in England zu Stahlverhandlungen, und ich sitze hier herum wie immer, ein Reserverad, das noch nie gebraucht wurde. Ich reite, spiele Tennis, lese, segle auf der Unterelbe. Was man eben so tut, um die Zeit herumzukriegen.«
»Können wir uns sehen?«
»Natürlich. Freitag. In den Anlagen vor dem Tennisclub Grün-Rot 16 Uhr, Sonja?«
»Ja, Mischa.«
Sie legte glücklich auf. Freitag ... das ist morgen. Morgen

schon!
Am Nachmittag ging sie zum Friseur. »Kann ich morgen frei haben, Paps?« fragte sie hinterher.
»Geburtstagsparty?«
»Nein. Ich treffe mich mit Mischa Heideck.«
Thomas Bruckmann nickte. »Das finde ich nett von dir, Spatz. Immer ehrlich zu deinem Vater sein.« Er blinzelte ihr zu. »Du hast frei!« Er winkte sie zu sich und hielt ihre beiden Hände fest. »Du hast dich in ihn verliebt, Spatz?«
»Aber Paps!« Sonja wurde glühend rot. Sie wollte weg, aber Bruckmann hielt sie fest.
»Ehrlich sein, Sonja!«
»Ein bißchen, Paps ...«
»Mischa ist auch ein netter Junge!« Bruckmann ließ Sonjas Hände los. »Nur zuviel Geld hat er! Nicht selbstverdientes Geld. Er kann sich soviel nehmen, wie er will.«
»Er kann ja nichts dafür, daß er ein Millionärssohn ist.«
Bruckmann lachte laut. »Du verteidigst ihn schon wie eine Glucke ihre Küken! Spatz, Spätzchen ... ich glaube, da sitzt etwas sehr tief in deinem Herzen!«
Am Nachmittag, pünktlich um 16 Uhr, stand Sonja in den Parkanlagen am Clubhaus des Tennisvereins Grün-Rot. Aber sie war gar nicht glücklich. Mit verschleierten Augen stand sie hinter einem hohen Busch und starrte durch die Zweige hinüber zum Tennisplatz.
Dort spielte Mischa Heideck eine Partie mit einem vollschlanken, erregend schönen, schwarzlockigen Mädchen. Ihr Tenniskleid war so kurz, daß man die Spitzenhose darunter bei jedem Lauf sehen konnte. Ihr Lachen, dunkel und aufreizend, begleitete jeden Ball, den Mischa verschlug.
»Verloren!« rief sie, als Mischa einen Aufschlag ins Netz feuerte. »Mein Lieber, mich in die Knie zu zwingen, da gehört schon etwas zu ...«
»Zumindest im Tennis!« rief Mischa zurück. Er nahm einen Anlauf, sprang über das Netz, zog das schwarzlockige Mädchen an sich und küßte es so fest, daß aller Widerstand sinnlos

war. Das Mädchen ließ den Tennisschläger fallen, schlang die Arme um Mischas Hals und drückte sich an ihn.
Langsam ließ Sonja die Zweige des Busches zurückschnellen und trat auf den Parkweg. Ihre großen blauen Augen waren ohne Glanz.
Das kann doch nicht wahr sein, dachte sie. Das ... das ist doch nur ein Freundschaftskuß ... so eine Laune ... ein Scherz ... eine Rache, weil er die Tennispartie verloren hat ... Er ... er kann doch kein anderes Mädchen lieben ...
Sie sah sich noch einmal um. Dann warf sie den Kopf mit einem Ruck herum.
Sie küßten sie noch immer, oder schon wieder.
Mit staksigen Beinen ging Sonja zum Clubhaus. Die Uhr über dem Eingang log nicht und stimmte mit ihrer Uhr überein: zwanzig Minuten nach vier. Und Mischa machte gar keine Anstalten, zum Treffpunkt im Park zu kommen. Er setzte sich mit dem schwarzlockigen Mädchen auf eine weiße Bank am Spielfeldrand und ließ sich ein großes Glas mit Whisky und Soda kommen Zusammen tranken sie aus einem Glas, und das tiefe Lachen des Mädchens hörte Sonja noch, als sie die Stufen zum Eingang des Clubhauses hinaufstieg. Es war, als ersteige sie mit letzter Kraft einen riesigen Berg.
Im Vorraum des Hauses empfing sie ein Portier in Weiß. Der Club Grün-Rot war der exklusivste Tennisclub von Hamburg.
»Ich möchte Herrn Heideck sprechen«, sagte Sonja mit mühsam fester Stimme.
»Ich weiß nicht, ob das geht.« Der weißgekleidete Portier sah auf seine Uhr. »Herr Heideck spielt gerade ...«
»Ich habe es gesehen. Mit Fräulein ...«
Sonja hielt den Atem an. Jetzt erfuhr sie den Namen. Der Portier tappte in die Falle.
»Ganz recht. Mit Fräulein Sandor. Ist es dringend? Sie müssen nämlich wissen, daß Herr Heideck sehr ungehalten ist, wenn man ohne triftigen Grund seine Donnerstags-Partie unterbricht.«
»Donnerstag?« Der Kopf Sonjas flog hoch. »Aber wieso ...

heute ist doch ...«
»Donnerstag, gnädiges Fräulein.« Der Portier lächelte herablassend. »Sollte es ein Irrtum sein Ihrerseits?«
»Ja.« Sonja nickte schwach. Ihre Stimme schwamm fast weg. »Das ist wirklich ein Irrtum ... Verzeihen Sie ...«
Sie drehte sich schnell um und rannte aus dem Clubhaus.
Als am Abend Thomas Bruckmann nach Hause kam, lag Sonja schon im Bett. »Sie hat Fieber«, sagte Irene. »Vielleicht die übliche Nachurlaubserkältung. Ihr Kopf glühte.«
Bruckmann wurde nachdenklich. Nach dem Abendessen ging er zu Sonja und setzte sich an ihr Bett. Sie lag auf dem Rücken und starrte an die Decke.
»Was ist, Spätzchen?« fragte er. »Wirklich Fieber?«
»Ja, Paps.« Das klang kläglich, dem Weinen nahe. Bruckmann sah seine Tochter forschend an.
»Ist etwas geschehen?«
»Nein, Paps.«
»Keine Dummheit?«
»Ehrenwort, Paps.«
»Soll ich den Arzt rufen?«
»Es geht auch so vorbei, Paps.« Sie zögerte, dann fragte sie: »Kennst du eine Familie Sandor?«
»Aber ja. Stinkreich! Generaldirektor der Niederrheinischen Stahlwerke. Habe für ihn einmal eine Madonna aus dem 15. Jahrhundert besorgt. Riemenschneider-Schüler. Er hat die 200 000 hingeblättert wie Skatkarten.« Bruckmann sah seine Tochter forschend an. »Was ist mit den Sandors?«
»Ich habe die Tochter kennengelernt!« Sonja drehte sich auf die Seite und schloß die Augen. Bruckmann erhob sich ohne weitere Fragen und ging aus dem Zimmer. Er ahnte etwas und konnte nicht helfen. Das muß sie mit sich allein ausmachen, dachte er. Die Sandors, Heidecks, Trombergs und wie sie alle heißen, die in den Palästen am Elbufer wohnen, sind eine Welt für sich. Armer Spatz! Er zog leise die Tür ins Schloß.
Sonja drückte das Kissen an den Mund und rollte sich zusammen. Sie weinte bitterlich.

St. Tropez hatte eine kleine Lokalsensation: In der Nacht war eingebrochen worden. Beim Fotohändler Zambatti. Der Schaukasten war zerstört; durch die Hintertür waren die Diebe in den Laden gekommen und hatten dort alles durchwühlt. Aber sie hatten weder die wertvollen Kameras noch die Ladenkasse mitgenommen ... nur alle Abzüge der Wettbewerbsfotos fehlten, und die Negativkartei war völlig durcheinandergebracht.
»Es müssen Irre gewesen sein!« schrie der dicke Zambatti. Sein italienisches Temperament ließ ihn heulen und zähneklappern, als habe er einen Millionenschaden. »Nur die prämiierten Bilder. Das war ein Fetischist. Dreiundzwanzig Fotos von der Bardot und sieben Fotos vom zweiten Preis! Den dritten Preis haben sie gar nicht beachtet! Madonna mia, und alles haben sie durchwühlt!«
Die Polizei arbeitete gründlich, aber sie fand nichts. Keine Fingerabdrücke, keine Hinweise. In der Ladenkasse hatte Zambatti bare neunhundert Francs gehabt ... sie waren unberührt. Das verwunderte die Polizei am meisten.
»Es kann auch ein Racheakt sein«, sagte der Polizeileutnant, der die Untersuchung leitete. »Vielleicht einer, der keinen Preis bekommen hat? Es gibt solche Hitzköpfe.«
»Sag ich es nicht? Ein Idiot!« Zambatti rang die Hände und weinte fast. »Man ist seines Lebens nicht mehr sicher!«
Aber so zerbrochen war er nun wieder nicht, daß er nicht erkannte, wie groß dieser Einbruch sich zur Reklame verwerten ließ. Schon am Nachmittag hing ein Plakat über der zerbrochenen Glastruhe. »So gut sind Zambattis Fotos, daß man sie stiehlt!« stand darauf. Und in die Zeitung ließ er eine Anzeige los: »Früher stahl man die Mona Lisa ... heute die Fotos von Zambatti. Erstes Haus von St. Tropez.«
Kommissar Jean Bouchard hätte nie von diesem Vorfall erfahren, der über St. Tropez' Grenzen nicht hinausging, wenn diese Anzeige nicht in der Zeitung gestanden hätte. Ihm kam es merkwürdig vor, daß man Fotos klaute, und er rief in St. Tropez an.
»Was zeigten sie, Leutnant?« fragte er.

»Das eine war ein Bild von der Bardot.«
»In Ordnung. Es gibt Fans, die den Kopf verlieren. Das andere?«
»Das ist noch blöder. Wie der Fotograf Zambatti sagte, zeigte das Foto ein Stück Strand, eine Jacht und davor zwei Männer im Gespräch.«
»Oha!« Bouchard wurde hellhörig. Der Leutnant in St. Tropez wunderte sich. Welches Interesse hatte Cannes an diesem dämlichen und sinnlosen Einbruch? »Zwei Männer am Strand. Gibt es noch einen Abzug?«
»Keinen. Alle gestohlen.«
»Eine Veröffentlichung?«
»Das kann sein. Anläßlich der Preisverteilung ...«
Es gab wirklich einen Abdruck, in der Zeitung, aber er war so schlecht und unscharf, daß man wohl das Bild als Ganzes erkennen konnte, aber mit der Lupe zerfloß alles in helle und dunkle dicke Rasterpunkte. Bouchard warf die Lupe weg und starrte auf das Zeitungsbild.
»Hier liegt der Sinn der ganzen Sinnlosigkeit!« sagte er zu sich mit lauter Stimme. »Diese beiden Kerle haben alles Interesse, nicht im Bild zu sein! Und ich fresse drei Pfund Seesand, wenn es nicht heimliche Freunde von mir sind!«
Er schnitt das Bild aus der Zeitung und legte es wie einen großen Geldschein in seine Brieftasche. Wenn man schon die Gesichter der Männer nicht erkennen konnte, die schöne weiße Jacht war deutlich genug. Und sie wollte Bouchard suchen, in St. Tropez, in Monte Carlo, in Cannes, an der ganzen Côte d'Azur. Hatte man erst die Jacht, so hatte man auch den Vorhang in der Hand, hinter dem sich das Rätsel verbarg. Und man brauchte ihn nur wegzuziehen ...

Roger Corbet sah sich die Bilder an, die Dufour ihm auf den Tisch gelegt hatte. Er war betroffen, wie deutlich man ihn und den großen Mr. Zero erkennen konnte. Daß Dufour auch gleich die BB-Fotos mitgenommen hatte, war ein guter Trick,

den Diebstahl als die Tat eines verrückten Fans hinzustellen.
»Das ist alles?« fragte Corbet scharf. Pierre Dufour nickte ängstlich. »Und das Negativ?«
»War nicht zu finden.«
»Du Idiot! Was nützen uns die Abzüge ohne Negativ. Zambatti kann morgen früh hundert neue Bilder machen lassen! Das Negativ ist das wichtigste!«
»Ich weiß. Aber er hat es nicht. Nicht im Laden! Ich habe alles durchgesucht. Zwei Stunden lang. Vielleicht hat er es zu Hause? Ich habe alles getan, Boß ...« Dufour sank in einen Sessel. Er hatte Angst.
»Warte hier!« Corbet stand auf und ging in den kleinen Salon. Wieder drehte er die lange Nummer, und wieder kam die kalte Stimme aus dem Telefon.
»Ja?«
»Wir haben die Fotos. Sie sind verteufelt scharf.«
»Und das Negativ?«
»Nicht ...« Corbet schnaufte durch die Nase. »Nicht auffindbar.«
»Das gibt es nicht! Jedes Foto hat ein Negativ, und ich verlange es! Kommen Sie mir nicht ohne Negativ! Wenn ich durch Ihr Versagen in Schwierigkeiten komme ... Sie wissen ...«
»Ja, Chef ... ich weiß.« Corbet legte den Hörer auf. Er zitterte. Bleich kam er zu Dufour zurück, der sich an Kognak betrank. Er riß ihm die Flasche aus der Hand und warf sie weg.
»Los! Nach St. Tropez!« schrie er. »Du scheinst dir nicht im klaren zu sein, daß wir auf einer Bombe sitzen!«
Sie kamen in der Morgendämmerung in St. Tropez an, erlebten als Zuschauer die ganze Polizeiaktion und beobachteten den dicken Zambatti.
Als er am Abend wieder seinen Laden zumachte, gingen sie ihm nach bis zu seinem Haus, sahen, daß die Tür nicht schloß, tranken in einer Bar bis gegen ein Uhr nachts und kehrten dann zu Zambattis Wohnung zurück.
Es ist nicht schön, wenn man mitten aus tiefstem Schlaf geweckt wird, aber es ist lähmend und grauenvoll, wenn man

plötzlich durch eine Ohrfeige wach gemacht wird und gleichzeitig spürt, wie sich zehn Finger um den Hals klammern. Finger, die keine Gnade kennen. Zambatti röchelte, lag still und hielt die Augen geschlossen. Auf seinem Bett saß ein Mann, und an den Füßen spürte er auch noch Hände, die ihn festhielten. Also zwei.
»Mein Geld liegt im Nebenzimmer in einem Kasten!« stammelte der dicke Zambatti. »O Madonna, ihr gebt mir kaum Luft.«
Eine Stimme über seinem Kopf flüsterte heiser. Er hatte Mühe, sie zu verstehen.
»Wo ist das Negativ vom Foto des zweiten Preises? Los! Heraus damit! Keine Ausflüchte. Oder ...«
Der Druck der Finger an seinem Hals verstärkte sich. Zambatti schnappte nach Luft wie ein Fisch auf dem Trockenen. »Ich hab es nicht ... Oh, glaubt mir doch ... ich habe es nicht ...« stöhnte er.
»Lüge!« zischte die Stimme über ihm. »Kerl, ich erwürge dich ...«
»Das Mädchen!« Zambatti schrie es mit letzter Kraft. »Das deutsche Mädchen hat es! Bevor es abreiste, nahm es das Negativ mit. Ich schwöre es! Es gehört ja ihr ...«
Dann verließ Zambatti die Besinnung. Er sank zusammen.
Dufour ließ von ihm ab und ging zu Corbet, der am Fußende stand. »Sie haben es gehört, Boß! Das verdammte Negativ ist in Deutschland. Die Adresse steht auf einem der Abzüge, auf dem Foto im Schaukasten.«
»Das wird eine Jagd!« Corbet winkte. Sie verließen die Wohnung Zambattis, drückten die Tür wieder ins Schloß und fuhren als elegante Lebemänner in Corbets Cadillac zurück nach Cannes.
Mr. Zero, der große Unbekannte, schien schon auf einen Anruf aus Cannes gewartet zu haben. Er war sofort am Telefon, als Corbet die Nummer gedreht hatte.
»Nun?« fragte die kalte Stimme.
»Das Negativ befindet sich in Deutschland, Chef«, sagte Roger

Corbet dumpf, als sei es seine Schuld. »Ein Mädchen hat es. Es heißt Sonja Bruckmann und wohnt in Hamburg. Zambatti hat nur die Abzüge gemacht. Die haben wir alle.«
»Ich brauche das Negativ!« Die kalte Stimme duldete keine Widerrede. »Corbet, sie wissen: Dieses Bild ist Millionen wert! Es ist, wenn man will, unbezahlbar! Sie werden dafür sorgen, daß ich das Negativ von dem Mädchen bekomme.«
»In Deutschland?«
»Jawohl! Und ohne Aufsehen! Ohne Gewalt! Auf charmante Art.«
Corbets Lippen zitterten. »Wissen Sie, Chef, was Sie da verlangen?«
»Ich weiß immer, was ich verlange und verlangen kann.« Die kalte Stimme war wie Stahl. »Versuchen Sie es auf die natürlichste Weise. Schicken Sie Ihren besten, schönsten, elegantesten und klügsten Playboy nach Deutschland! Ich möchte das Mädchen sehen, das ihm widersteht! Was er mit dieser Sonja anstellt, und wie er es macht, ist mir gleich, er muß mir nur das Negativ bringen.«
Roger Corbet legte auf. Er ist wirklich ein Teufel, dachte er. Und er hat immer Ideen! Mein Gott, wenn die Welt wüßte, wer dieser Mr. Zero in Wirklichkeit ist!
Am nächsten Tag fuhr ein italienischer Sportwagen vor der weißen Villa Corbets vor. Ein großer, schlanker, schwarzgelockter, braungebrannter junger Mann stieg aus. Ein Gott von einem Mann!
Ricardo Bombani war angekommen.
Der schönste Mann zwischen Genua und Marseille.
Corbet kam ihm im Innenhof der Villa entgegen und legte den Arm um seine Schultern.
»Ein schöner Auftrag für sie, Ricardo!« sagte er fröhlich. »Sie fahren nach Deutschland. Nach Hamburg. Eine Sonja Bruckmann erwartet Ihren Charme. Ein blondes Mädchen. Ihre Spezialität . . .«

# 3

Ricardo Bombani setzte sich zunächst in einen der tiefen Ledersessel, schlug die Beine übereinander, fingerte eine Zigarette aus seiner Rocktasche und sagte gleichgültig:
»Zunächst wäre mir ein Gin-Fizz lieber. Wenn es Ihnen nichts ausmacht, Roger, und Sie brauen mir einen zusammen . . .«
Roger Corbet ging zum Barschrank, klappte ihn auf und begann, den Gin-Fizz zu mixen. Dabei sah er auf Bombani, und in seinem Blick war kalte Verächtlichkeit.
Da sitzt er nun, dachte er. Der schönste Mann der Côte d'Azur. Das ist aber auch alles! Gelernt hat er nichts anderes als zu küssen und Frauen zu betören, im Hirn ist Leere, sein muskulöser Körper ist ein Witz der Natur, denn der Bursche ist feig wie eine Maus und weichlich wie eine Schnecke. Alles an ihm ist Bluff, ist Blendwerk, ist unwahr. Selbst wenn er spricht, ist es falsch. Aufgewachsen ist er in einem winzigen Fischerdorf, und bis vor fünf Jahren kannte er nur einen schrecklichen Dialekt, stank nach Fisch und wusch sich alle vier Wochen die Füße. Bis eine verrückte Amerikanerin kam, ihn vier Wochen lang beschlagnahmte und ihn »my lovely« nannte. Von da ab entdeckte Ricardo Bombani, daß sein Aufstieg zu Ansehen und Wohlstand allein in den Armen der Frauen möglich war. Er wurde ein Papagallo, zunächst ein kleiner, schüchterner, der sich mit der zweiten Damengarnitur begnügte. Aber bereits nach einem Jahr gab man seine Adresse weiter . . . nach drei Jahren hatte er einen Luxussportwagen und eine elegante Wohnung, und jetzt, nach fünf Jahren Liebesdienst, war Bombani der ungekrönte König der Côte d'Azur, der mehr Millionärinnen kannte als mancher Hotelportier.
Mit Roger Corbet war er bekannt geworden, als er für eine seiner Damen Kokain brauchte. Von da an – Bombani verfluchte diesen Tag ewig – war er in den Händen des »Chefs« und des »Boß«, dem geheimnisvollen Mr. Zero, den niemand kannte.
Corbet brachte ihm den Gin-Fizz und setzte sich ihm gegenüber. Genußvoll schlürfte Bombani das Getränk.

»Ich bin unabkömmlich«, sagte er dann gelangweilt. »Ich bin bis Oktober ausgebucht.«
Corbet lächelte böse. »Bombani, seien Sie kein Idiot. Der Auftrag kommt vom Boß.«
»Wenn auch, Sie haben Ihr Geschäft, ich habe mein Geschäft. Ich rede Ihnen nicht dazwischen, also lassen Sie mir meine Angelegenheiten. Ich habe Goldfische an der Angel.«
»Der Boß wird Sie entschädigen.«
»In voller Höhe?«
»Vielleicht. Außerdem bekommen Sie Spaß dabei. Die Kleine in Deutschland soll ganz süß sein.«
»Alter?«
»17 Jahre.«
»Mamma mia!« Bombani hob den Blick zur Decke. »Soll ich mir an unreifem Obst den Magen verderben? 17 Jahre! Was soll ich damit! Meine dankbarsten Kundinnen sind die über 40! Da ist jeder Kuß 1000 Lire wert!«
»Nun hören Sie mal genau zu, Bombani.« Roger Corbet beugte sich vor. »Sie haben eine bestimmte Aufgabe: Sie werden diese Sonja Bruckmann mit all ihrem Charme umgarnen und gefügig machen. Ziel: Sie müssen von der Kleinen das Negativ dieses Fotos bekommen!« Corbet schob Bombani einen der Abzüge von Zambatti über den Tisch. »Das ist alles! Nur das Negativ. Dann können Sie sofort zurück zu Ihren Goldengeln.«
Bombani betrachtete das Foto genau. Die Gesichter der beiden Männer waren bis zur Unkenntlichkeit zerkratzt. Bombani lächelte breit.
»Der eine sind doch Sie, Corbet.«
»Ja.«
»Und um den anderen geht's, nicht wahr? Vielleicht der große Boß?«
»Halten Sie den Mund, Bombani. Je weniger Sie darüber reden, um so länger leben Sie!« Corbet nahm den Fotoabzug wieder an sich und steckte ihn weg. »Sie haben verstanden? Das Negativ! Das ist Ihr einziges Ziel. Was Sie, um an es heranzukommen, mit der Kleinen anstellen, ist Ihre

Sache! Nur eins: keine Gewalt! Auf gar keinen Fall! Sie müssen das Negativ mit Ihrem Charme bekommen.« Corbet seufzte und erhob sich. »Leider ist es ja so, daß Mädchen auf solche hohlen Hüllen wie Sie hereinfallen! Sie werden's schon machen, Bombani. Alle Spesen bezahlt der Boß. Addio amigo . . .«

Bombani erhob sich steif. Er war so elegant, daß man die Falte seiner Hosenbeine fast knirschen hörte. »Manchmal möchte ich Sie in die Fresse schlagen, Corbet«, sagte er.

»Ich Sie auch, Bombani.« Corbet lächelte breit. »Aber wir brauchen uns noch. Gute Fahrt nach Deutschland!«

Eine Stunde später fuhr der herrliche Sportwagen wieder zurück nach Cannes. In seinem Appartement packte Bombani sofort die Koffer, buchte telefonisch einen Flug Nizza–Frankfurt–Hamburg, bestellte in einem der vornehmsten Hotels in Hamburg ein Doppelzimmer mit Bad und ging dann zum Strandhotel essen.

Sonja Bruckmann, dachte er. Hamburg. Am Petri-Fleet 5.

Idioten sind sie doch, trotz aller Intelligenz, dachte Bombani und trank mit Genuß einen Kognak. Hatte man erst einmal das Negativ, so würde man schnell einige Abzüge in Hamburg machen lassen, ehe man es in Cannes ablieferte. Und dann wußte man, wie der große Mr. Zero aussah. Ein Wissen, das Millionen wert war.

Ein Wissen, das den Tod bedeutete.

Aber daran dachte Ricardo Bombani nicht.

Am Abend landete Bombani in Hamburg, ließ sich in sein Hotel fahren, zog sich um und fuhr hinaus zur Straße. Am Petri-Fleet 5.

Es war ein hohes Wohnhaus aus der alten Hamburger Patrizierzeit, mit Giebeln und viel Zierwerk, vornehm und verschlossen.

Bombani fuhr zurück in die Stadt, suchte in einer Telefonzelle im Telefonbuch den Namen Bruckmann, schrieb sich die Geschäftsadresse heraus und stand dann vor den beiden großen

Schaufenstern der Kunsthandlung. Steinputten lächelten ihn an, wertvolle Buddhas, Barockmadonnen, chinesische Vasen, Zinngeschirr, Gemälde alter Meister, Porzellan, Fayencen, Ikonen aus Rußland und Griechenland.
Im Laden sah Bombani Herrn Bruckmann im Verkaufsgespräch mit einigen Kunden. Das Mädchen Sonja sah er nicht. Es saß in einem der hinteren Zimmer an der Schreibmaschine und schrieb Rechnungen.
Peinlich genau betrachtete Bombani sein »Arbeitsfeld«. Dann machte er sich einige Notizen und ließ sich zum Hotel zurückfahren.
In der riesigen Hotelhalle bekamen drei mittelalterliche Damen blanke Augen, als sie Bombani sahen. Er seufzte leise, dachte an die letzten Worte Corbets: »Keine Nebenverdienste, Bombani!«, und ließ sich mit dem Lift hinauf auf sein Zimmer fahren.
Morgen geht es los, dachte er und warf sich auf das Bett. Es wird eine leichte Sache sein ... ein 17jähriges Mädchen! Da ist das Fliegenfangen ja noch schwerer.

Am Freitag hatte Mischa Heideck vergeblich auf Sonja gewartet. Pünktlich stand er in dem kleinen Park neben dem Tennisclub-Haus und dachte zunächst: Sie ist wie alle Mädchen ... sie läßt einen warten. Aber als dann fast eine Stunde vorüber war, ohne daß Sonja zu sehen war, brach Mischa seine Warterei ab und ging zurück ins Clubhaus. Von dort rief er die Kunsthandlung Bruckmann an und bat einen Verkäufer, Fräulein Sonja ans Telefon zu holen.
Es dauerte verdächtig lange, bis sich wieder jemand am Telefon meldete. Es war wieder der junge Mann.
»Fräulein Sonja hat keine Zeit!« sagte er knapp. Mischa starrte entgeistert den Hörer an.
»Haben Sie Fräulein Bruckmann gesagt, wer anruft?« fragte er laut.
»Natürlich.«
»Und was sagte sie?«

»Was ich schon ausrichtete: keine Zeit.«
»Danke.«
Mischa Heideck legte auf und steckte sich eine Zigarette an. Er konnte sich keinen Vers aus diesem Verhalten Sonjas machen. Erst ruft sie von allein an und bittet um ein Wiedersehen, und jetzt stellt sie sich widerborstig wie ein Kaktus? Irgend etwas stimmt hier nicht, dachte er und sah wieder auf das Telefon. In den vergangenen Tagen mußte etwas geschehen sein, was die Meinung Sonjas geändert hatte. Eigentlich konnte es Mischa ganz recht sein. Der Flirt in St. Tropez war schon fast vergessen, als Sonja anrief. Die heiße Gegenwart Ellen Sandors, ihr Fluidum hatten ihn wieder völlig eingefangen, und doch ... Jetzt, wo er vergeblich eine Stunde gewartet hatte, kam in ihm etwas anderes hoch als die bloße Erinnerung an blonde Haare und einen zierlichen Mädchenkörper, an helles Lachen und herrlich junge Fröhlichkeit. Er sah die großen blauen Augen Sonjas vor sich, als sie sich zum Abschied zum letztenmal küßten, und plötzlich empfand er, daß er sich selbst bewußt belogen hatte, daß er alle Gedanken an Sonja nur abgeschüttelt hatte, als ihm Ellen mit ihrer offenen Leidenschaft wieder in die Arme flog.
Noch fünfmal rief Mischa Heideck bei Bruckmanns an. Beim letztenmal war Sonja selbst am Apparat, weil alle anderen im Laden bedienten.
»Sonja, was ist denn?« rief Mischa schnell. »Ich warte hier. Hast du vergessen, daß wir uns heute ...«
Klick, machte es. Sonja hatte wortlos aufgelegt.
Wütend schleuderte Mischa den Hörer zurück. »Ziege!« rief er. Aber dann dachte er darüber nach, daß dies gar nicht zu Sonja paßte, daß vielleicht Ellen Sandor so reagieren würde, wild wie eine gereizte Katze. Hier mußte wirklich etwas Außergewöhnliches geschehen sein, wenn Sonja sich so benahm.
Mischa Heideck setzte sich in der Halle des Clubhauses auf eine Polsterbank und starrte vor sich hin. Der Hausmeister, der

Portier, Barkeeper, Kellner und Platzpfleger in einer Person war, putzte gerade die Theke der Bar. Morgen war ein kleines Fest. Konsul Dr. Redderscheidt gab einen Clubabend der alten Herren.

»Einen Kognak, Herr Heideck?« fragte der Hausmeister.

»Ja. Bring mir einen. Das ist eine Idee.«

»Kummer?«

»Ja. Die Weiber ...«

»Der Adam hätte nie zulassen sollen, daß man ihm eine Rippe klaute, um daraus die Eva zu machen.« Der Hausmeister stellte ein Glas Kognak auf einen Tisch vor Mischa.

»Wem sagen Sie das, Franz?«

»Sie sind aber auch unvorsichtig, Herr Heideck, wenn ich das so frei sagen darf. Zum Beispiel gestern ...« Der Hausmeister putzte die Zapfhähne am Tresen. »Sie spielen mit Fräulein Sandor einige Parteien und belohnen sie mit Küßchen, und draußen steht schon das andere Fräulein und ist stocksauer!«

Mischas Kopf fuhr empor. »*Wer* stand draußen?« rief er.

»Na, ein liebes Mädelchen. Fragte nach Ihnen und Fräulein Sandor. Und dann lief sie einfach weg.«

»Das ist es!« schrie Mischa. »Das ist es. Die Lösung! Franz, trinken Sie auf meine Kosten zehn Kognaks! Warum haben Sie mir gestern nicht ...«

»Das kleine Fräulein wollte nicht, daß ich es Ihnen sage.«

Kopfschüttelnd sah der Hausmeister zu, wie Mischa Heideck aus dem Clubhaus stürmte. Dann heulte draußen der Sportwagenmotor auf, Reifen wirbelten Sand und Kies auf, ein heller Schatten flog an den Büschen vorbei.

In den weiten Räumen der Kunsthandlung Bruckmann war reges Leben. Es hatte sich bei den Antiquitätenliebhabern herumgesprochen, daß Thomas Bruckmann nicht nur ein altes Schloßinventar aufgekauft hatte. Er hatte auch eine Sendung wertvoller Meißener Porzellane hereinbekommen, über die vor allem die Damen hell entzückt waren. So ließ es sich nicht vermeiden, daß auch Sonja im Laden bedienen mußte, wenn

alle Angestellten besetzt waren. Als sie Mischa Heideck in das Geschäft kommen sah, wurde ihr schönes Gesicht hart und etwas verkniffen. Sie beantwortete den Gruß Mischas mit einem stummen Nicken und übersah die hingehaltene Hand.
»Der Herr suchen etwas für eine Dame?« fragte sie laut. »Vielleicht ein Verlobungsgeschenk? Wie wäre es mit einer Terrakottafigur aus dem 19. Jahrhundert? Südfrankreich, gut erhalten. Motiv: Die lachende Gans. Größe ca. 33 Zentimeter.«
»Sonja, was ist los?« sagte Mischa leise und beugte sich vor, »ich ahne, was passiert ist. Du warst schon gestern am Clubhaus und hast mich mit Ellen Sandor gesehen. Dazu muß ich dir eine Erklärung abgeben ...«
»Also keine lachende Gans?« Die Stimme Sonjas war hell, kampfeslustig. »Dann vielleicht ein Bild, der Herr? Ein Bild ist immer ein repräsentatives Geschenk. Ich habe hier ein Gemälde aus dem 19. Jahrhundert. ›Der lüsterne Pan jagt die Nymphen‹. Vielleicht sagt das zu?«
»Sonja, wo können wir uns allein sprechen?« Mischa erkannte sie kaum wieder. Ihre sanften, fröhlichen Augen waren stahlhart, ihre schönen Lippen zuckten. »So geht das doch nicht. Irrtümer muß man aufklären ...«
Die Ladenglocke – ein Glöckchenspiel aus Florenz – bimmelte wieder. Sonja sah an Mischa vorbei. Ein großer, eleganter, wie ein Filmstar aussehender Mann hatte die Kunsthandlung betreten. Er lachte Sonja an und neigte grüßend den Kopf.
Ricardo Bombani war auf dem Schlachtfeld erschienen. Sein erster Angriff war sein sonniges Lächeln. Die Frau, die von Bombani einmal angelächelt wurde, war schon halb gewonnen.
Das ist eine Waffe, dachte Sonja blitzschnell. Das ist etwas, womit ich Mischa zur Raserei bringen kann, wenn er mich wirklich liebt, wenn ich ihm nicht gleichgültig bin, wenn er mich mit seinen Erklärungen nicht belügen will.
Sie lächelte zu Bombani zurück und strich sich kokett durch die wundervollen blonden Haare. Mischa fuhr herum. Die Blicke Heidecks und Bombanis trafen sich, und sie wußten in

der ersten Sekunde, daß sie sich unsympathisch waren.
»Ich suche etwas, was so schön ist wie Sie, Signorina«, sagte Bombani in einem Deutsch, wie es nur Italiener sprechen können. »Was es ist, ich weiß es nicht ... wenn es überhaupt einen Gegenstand gibt, der Ihnen gleichen kann!«
Mischa kaute an der Unterlippe. Er sah, wie Sonjas Augen wieder zu glühen begannen, wie ihr Gesicht aufblühte, wie ihr Körper unruhig wurde. Das ärgerte ihn maßlos, und so sehr er sich dagegen wehrte, er hatte große Lust, dem eleganten Mann wortlos unters Kinn zu schlagen, komme dann danach, was wolle. Es war ein verrücktes Zucken in seinen Fäusten.
Sonja atmete tief auf. Sie holte zu einem harten Schlag gegen Mischas Seele aus.
»Ich hätte einen Romantiker hier. Ein wunderbares Gemälde. Leda mit dem Schwan ...«
»Oh, die Leda!« sagte Bombani mit halber Stimme. Wer ist Leda, dachte er dabei. Und was macht sie mit dem Schwan? Rupft sie ihn? »So schön wie Sie, Signorina?«
»Ich weiß nicht. Leda ist nackt ...«
»O madonna mia!« Bombani tat einen leisen Schrei. »Wenn man das vergleichen könnte ...«
Mischa trat etwas zur Seite. Sein Gesicht war kantig geworden.
»Ich möchte betonen«, sagte er laut, »daß ich zuerst bedient wurde. Und ich bin noch nicht fertig!«
»Dann warte ich natürlich.« Bombani blinzelte Sonja zu. »Ich werde mich innerlich beschäftigen mit der nacken Leda.«
Sonja sah Mischa giftig an. »Sie sind sehr unentschlossen, mein Herr!« sagte sie scharf. »Ich biete Ihnen den halben Laden an, und Sie sagen dauernd nein. Wollen *Sie* die Leda? Über dem Brautbett macht sie sich bestimmt gut ...«
»So geht das nicht weiter, Sonja«, knirschte Mischa zwischen den Zähnen. Er beugte sich vor, damit es Bombani nicht verstand. »Ich hole dich heute abend ab. Um 19 Uhr stehe ich vor der Tür mit meinem Wagen. Die Sache mit Ellen ist ein Irrtum, glaube mir. Was du gestern gesehen hast ...«
»Also keine Leda?« Sonja ging um Mischa herum und stellte

sich vor Bombani, der sie bewundernd anstarrte. Als Frauenkenner zuckte sein Herz. Siebzehn Jahre, dachte er. Wie sollte es da noch Schwierigkeiten geben. Ich werde sie überrollen mit meinem Charme. »Kommen Sie mit mir«, sagte Sonja jetzt laut. »Ich zeige Ihnen die Leda. Sie hängt in einem der hinteren Räume . . .«
Mischa sah mit zusammengekniffenen Lippen, wie Sonja und der elegante Italiener nach hinten gingen. Sonja wippte in den Hüften, was sie sonst nie tat, aber sie wußte, daß ihnen Mischa nachstarrte und daß er sich wahnsinnig aufregte.
»Das wollen wir doch mal sehen!« sagte Mischa leise, als er allein an der Glastheke stand, unter der auf blauem Samt kleine japanische Elfenbeinschnitzereien lagen. »Einen solchen Lackaffen fürchte ich nicht!«
Ohne es zu wollen, fand er sich plötzlich in der Lage, um Sonja raufen zu können. Daß sie ihn stehenließ wegen eines solchen wandenden Modejournals, verletzte seinen Stolz und brachte ihm etwas zu Bewußtsein, was er nie geglaubt hatte: Er spürte, daß ihm Sonja doch mehr bedeutete als eine Ferienbekanntschaft. Er spürte ein schweres Herz.

Kommissar Jean Bouchard fand wieder bestätigt, daß das Leben doch nicht so übel war. Der Mensch, der sich noch einen kleinen Rest vom Glauben an das Gute erhalten hat, kommt immer wieder zu seinem Recht. So auch heute Kommissar Bouchard: Die weiße Jacht, die er suchen wollte, die Jacht auf dem Foto, lag vor ihm! Lag hier im Hafen von Cannes, schaukelte im öligen Wasser, wurde von zwei Matrosen geputzt, hatte Flaggen gesetzt und sah so aus, als würde sie bald zu einer Lustfahrt auslaufen.
»Entweder ist der Bursche verrückt oder von einmaligem Mut«, sagte Bouchard verwundert, notierte sich den Namen des Schiffes und rief vom nächsten Bistro die Zulassungsbehörde an. Im Schiffsregister war die Jacht »Afrika II« als Neuerwerbung verbucht, und Bouchard erlebte seine zweite Verblüffung.

Der Besitzer war Roger Corbet.
»Sieh an«, sagte Bouchard und rauchte ein Zigarette an, bestellte sich einen Pernod und sah auf die heiße Straße hinaus. »Corbet. Mein privates Füchslein. Das trifft sich gut. Ein Mist ist es nur, daß man ihm nichts beweisen kann!«
Roger Corbet war ungemein freundlich, als sein Diener ihm lieben Besuch meldete. Durch die riesigen Fenster der weißen Villa auf den Klippen flutete die Abendsonne, goldgelb, in wenigen Minuten blutrot werdend. Das Meer schimmerte orangen, die Felsen glänzten violett. Eine Sinfonie von Farben, das Sterben der Sonne in letzter Pracht.
»Sie bei mir, Kommissar?« rief Corbet und schüttelte Bouchard die Hand. »Welch seltener Besuch? Wann sahen wir uns zum letztenmal?«
»Vor einem Jahr! Einer Ihrer Bekannten behauptete, Morphin über Sie bekommen zu haben. Ehe die Verhandlung begann, war der Mann tot. In der Zelle vergiftet...«
»Sie sollten den Untersuchungsgefangenen keine Pilzgerichte geben, Kommissar«, sagte Corbet freundlich.
»Der Mann starb an Zyankali.«
»Richtig. Ich erinnere mich.« Corbet machte eine einladende Handbewegung. Bouchard setzte sich in einen der tiefen Sessel. Corbet ging zur Bar und holte eine Flasche Champagner. »Ich freue mich richtig auf Ihren Besuch, Kommissar. Man sieht sich viel zu wenig. Kommen Sie doch öfter.«
»Das wird sich vielleicht möglich machen lassen«, erwiderte Bouchard und lächelte zweideutig. Corbet lächelte zurück, eine Maske, hinter der höchste Aufmerksamkeit lauerte. »Champagner?«
»Zur Feier Ihres Besuches, Kommissar. Man trifft wenig Leute, mit denen man sich so geistvoll wie mit Ihnen unterhalten kann.«
Sie tranken erst ein Glas in aller Stille, ehe sie weitersprachen. Kommissar Bouchard begann das Gespräch.
»Sie haben eine neue Jacht?«
»Ja.« Corbet lehnte sich zurück. »›Afrika II‹. Die alte ›Afrika I‹

war zu langsam und zu breit. Die neue ist schnittiger, macht schnellere Fahrt, ist luxuriöser.«
»Und hat viel mehr Stauraum . . .«
»Auch! Seit wann interessieren Sie sich für Jachten, Kommissar? Wollen Sie sich ein Boot anschaffen? Sagen Sie mir das früh genug. Ich kenne einige sehr gute Gelegenheitskäufe. Boote, mit denen Sie nicht angeschmiert sind.«
»Sie haben viele Freunde an Bord?«
»Immer.« Corbet schüttete Champagner nach. »Wer Geld hat, hat nur Freunde! Sie kennen das ja. Aber ich liebe Freunde. Ich habe gern Menschen um mich.«
»Aber Sie sind fotoscheu, nicht wahr?«
»Nein!« Corbet lachte. »Wollen Sie meine Fotoalben sehen? Roger Corbet vom Säugling bis zum alternden Liebhaber . . . alle Stationen des Lebens! Ich war nie fotoscheu.«
»Und doch verschwindet in St. Tropez durch Diebstahl ein Bild Ihres Schiffes, und in der Nacht darauf wird der arme Fotograf Zambatti halb erwürgt, um das Negativ herauszugeben. Aber er hat es nicht. Welch ein Pech.«
»Was Sie nicht sagen, Kommissar. So etwas geschieht im schönen St. Tropez?« Corbet schüttelte den Kopf. »Zustände sind das.«
»Sie haben nichts davon gehört?«
»Keinen Ton. Ich lebe in Cannes. St. Tropez sehe ich sonst nur vom Meer aus, wenn ich daran vorbeischippere.«
»Auf dem Bild waren auch Sie und ein Mann.«
»Ist ja toll.« Corbet lachte. »Sie haben es gesehen, Kommisar?«
»Nein.« Bouchard trank das zweite Glas Champagner. Er wußte, wie nervös Corbet jetzt war. Daß er nein sagte, glaubte ihm der andere nicht. Er sah es an den lauernden Augen, wenn auch Corbets Mund lächelte. »Man hat ja alle Abzüge geklaut.«
»Aber woher wissen Sie dann, daß ich auf dem Bild . . .«
»Zambatti hatte sich den Namen der Jacht auf dem Foto gemerkt«, log Bouchard. »Da war es leicht festzustellen, wem das Schiff gehört.«

»Natürlich!« Corbet lachte laut. »Sie sehen, mir fehlen die logischen Gedanken eines Kriminalbeamten. Ein Gauner müßte wirklich Angst vor Ihnen haben, Kommissar.«
»Er hat es auch!« sagte Bouchard trocken. »Prost.«
»Prost, Herr Kommissar.«
Dann saßen sie still am Fenster und sahen der versinkenden Sonne zu, bis sie ganz im Meer untergetaucht war. Nur der Himmel flammte noch. Corbet schielte zu Bouchard.
»Wann werden Sie pensioniert?« fragte er plötzlich.
»In sechs Jahren«, sagte Bouchard.
»Das ist noch eine lange Zeit.«
»Ja, vor allem für die Gauner.«
Nach zwei Stunden verließ Kommissar Bouchard wieder die weiße Villa auf den Klippen. Er wußte, daß oben Corbet am Fenster stand und ihm ratlos nachsah.
»Dir habe ich ein Kuckucksei ins Nest gelegt!« sagte Bouchard zu sich, als er zurück nach St. Tropez fuhr. »Brüte es aus, mein Lieber, *den* Vogel ziehst du nicht groß!«
Und so war es. Unruhig wanderte Corbet in seiner Villa umher. Gab es doch noch ein Bild? Einen Abzug? Einen Druck?
Hatte Bouchard das Bild vorher gesehen?
Bis zur Nacht wartete Corbet, mit sich ringend und voll Angst vor der Stimme von Mr. Zero. Dann rief er ihn doch an und berichtete von dem Besuch Bouchards.
»Ich weiß es schon«, sagte die kalte Stimme von Mr. Zero. »Sie haben sich gut geschlagen, Roger. Natürlich kennt Bouchard das Foto. Aus der Zeitung. Aber das ist ein miserabler Druck. Man erkennt kein Gesicht. Nur ein grauer Fleck ist zu sehen. Er will Sie unruhig machen, weiter nichts. Behalten Sie die Nerven, Roger. Bouchard sucht wie ein blindes Huhn ein Korn. Die nächste Fahrt nach Tunis machen wir mit meinem Schiff. Ab Genua. Ist drüben alles verständigt?«
»Alles, Mr. Zero.« Corbet atmete tief auf. Es ist nicht jedermanns Sache, mit dem Satan zu reden. »Die Ware ist pünktlich gekommen.«
»Sehr gut, Roger. Und was geschieht in Hamburg?«

»Ich nehme an, daß Bombani schon am Werk ist.«
»Das wäre gut. Ich brauche das Negativ. Es ist das einzige Foto, das von mir existiert. Roger, es darf nicht schiefgehen! Sie verstehen . . .«
»Ich verstehe!« Corbets Stimme war heiser.
Die Kälte des Todes wehte ihn an.

Nicht um 19 Uhr, sondern schon eine halbe Stunde früher parkte Mischa Heideck vor der Kunsthandlung Bruckmann seinen Sportwagen.
Er sah durch die erleuchteten Schaufenster, wie die Angestellten den Laden aufräumten, wie sie die wertvollen Stücke aus dem Fenster nahmen, schweres Silber, alte Ringe und Armbänder, etruskische Ausgrabungen und ägyptische Funde und statt dessen billigere Holzschnitzereien ins Fenster stellten und ein Schild »Nacht-Dekoration«. Man soll es den Dieben nicht zu leicht machen, auch wenn man hoch versichert ist.
Er sah, wie Thomas Bruckmann früher das Geschäft verließ und wegfuhr, und er sah ganz kurz auch Sonja. Sie kam aus dem Büro, fragte einen Angestellten etwas und verschwand wieder. Daß sie dabei nach draußen schielte und Mischa in seinem Wagen sah, bemerkte er nicht.
Zehn Minuten vor sieben fuhr ein großer amerikanischer Wagen vor, parkte hinter Mischa und zog die Blicke aller Passanten auf sich. Hinter dem Steuer saß wohlgefällig Ricardo Bombani und rauchte lässig. Daß er Eindruck machte, wußte er.
Mischa Heideck stieg aus, als es sieben Uhr abends schlug. Auch Bombani hüpfte aus einem Chromschiff und ließ die Tür geräuschlos zuschnappen. Er trug einen mittelblauen Anzug mit Seidenglanz, hochmodisch, auf fünf Knöpfen geknöpft.
Bombani und Mischa sahen sich stumm an und wandten sich dann ab. Einer von ihnen würde in wenigen Minuten unterliegen, blamiert sein, vor Wut zerspringen. Es lag allein an der Entscheidung Sonjas, in welchen Wagen sie stieg.
Aus dem Seiteneingang kamen die letzten Angestellten. Die Be-

leuchtung im Laden ging aus, nur die Schaufenster glänzten noch im Licht.
Mischa Heideck straffte sich. Von seinem Straßenkreuzer her hörte er Bombani summen. Eine schöne Stimme hat er auch noch, dachte Mischa giftig. Tenor! Er hat alles, was ein Italiener im Norden braucht.
Die Tür schwang auf. Sonja!
Verwundert – sie spielte es vorzüglich – blieb sie stehen und musterte die beiden Wagen und die wartenden Männer. Sie gaben sich lässig, überlegen, und doch sah man, daß sie wie zwei Tiger waren, die sich zerfleischen wollten.
»Guten Abend, Sonja!« sagte Mischa laut als erster. Er riß die Tür seines Sportwagens auf. Das Herz Sonjas schlug bis zum Hals. Wie viele schöne Stunden habe ich auf diesem Lederpolster verbracht, dachte sie. Wie glücklich war ich! Aber dann dachte sie an Ellen Sandor und daran, daß auch sie auf diesen Polstern gesessen hatte, den Arm um Mischas Nacken.
Sonja zog die Augenbrauen hoch, ihr Mund wurde schmal.
Mit mir spielt man nicht, dachte sie. Ich bin kein billiger Urlaubsflirt! Ich bin kein Tennisball, den man hin- und herschlagen kann.
»Signora!« rief in diesem Augenblick Bombani und breitete die Arme aus. »Es ist Abend und doch nicht dunkel! Wo Sie sind, scheint immer die Sonne! O cara mia ...«
Du Affe, dachte Mischa wütend. Du Schwätzer! Darauf fällt sie nicht herein. Nicht Sonja! Sonja kann nüchtern denken ...
Es durchzuckte ihn glühend, als er sah, wie Sonja sich nach links wandte und auf Ricardo Bombani zuging.
Das ist doch unmöglich, dachte er wütend. Das geht doch nicht. Das kann nicht sein! Sie will in den Wagen dieses Affen steigen? Sie läßt mich stehen?! Sie läßt sich einlullen von dieser Stimme, von diesen dämlichen Phrasen?
Er machte zwei große Schritte und stellte sich Sonja in den Weg. Über sein Gesicht zuckte es.
»Sonja«, sagte er rauh. »Sonja, ich bitte dich: nur ein paar Worte ... Daß ich hier warte, muß dir doch sagen, daß ich ...

Sonja!«
Eine Stimme hinter ihm, eine warme, klebrige Stimme unterbrach ihn.
»Belästigen Sie nicht die Dame, Signore«, sagte Bombani so melodiös, als sänge er. »Die Dame gehört zu mir . . .«
In diesem Augenblick sah Mischa Heideck rot.

## *4*

Es gibt im Leben Sekunden, in denen man instinktiv das Richtige tut. Man weiß nicht mehr, warum man etwas getan hat, aber man ist froh, es getan zu haben.
So reagierte auch Mischa Heideck auf den süffisanten Ton des schönen Bombani. Er sprang vor, faßte den verdutzten Playboy vorn am Anzug und drückte ihn gegen die Hauswand. Bevor Sonja etwas sagen konnte, klebte Bombani in der Türnische des Nebeneinganges.
»Rühr dich nicht, mein Junge!« sagte Mischa heiser vor Erregung. »Wage bloß nicht, dich zu wehren! Und hör einmal gut zu: Die Dame – wie du vornehm sagst – gehört dir einen Dreck! Wenn ich dich gleich loslasse, erinnerst du dich daran, daß die Italiener immer gute Läufer waren! Du wetzt ab wie der Blitz. Und wenn ich dich noch einmal in der Nähe von Sonja sehe, kannst du in die nächste Apotheke gehen und essigsaure Tonerde zum Kühlen holen, haben wir uns verstanden?«
»Signore . . .« sagte Bombani tapfer. Wenn es auch seine Art war, möglichst allen Gefahren aus dem Weg zu gehen, denn es gab Frauen genug, die man gefahrlos erobern konnte, so bewies er doch jetzt, daß er einen gewissen Stolz hatte. »Man sollte die Dame entscheiden lassen!«
In diesem Augenblick war Sonja da. Sie schlug mit ihrer kleinen Faust Mischa in den Rücken, und ihre Augen blitzten wild. »Bist du verrückt?« zischte sie

»Ja!« sagte Mischa laut.
»Laß ihn los! Laß ihn sofort los!«
»Ich denke nicht daran. Erst verspricht er mir, dich nie wieder zu belästigen!«
»Er belästigt mich nicht! Er erfreut mich!«
»Dieser windige Typ?! Dieser berufsmäßige Liebhaber?«
»Es gibt viele Berufe! Liebhaber zu sein, ist nicht der schlechteste.«
»Ich kenne dich nicht wieder!« stotterte Mischa. Er lockerte den Griff, aber nicht so weit, daß Bombani entweichen konnte.
»Du kennst mich überhaupt nicht!« Sonjas Augen glühten. »Du wirst mich nie kennenlernen! Kümmere dich um dein Tennismädchen. Herr Bombani, kommen Sie, wir fahren!«
»Herr Bombani wird keine Lust haben, mit wackeligen Zähnen Serenaden zu singen, denn bevor ihr abfahrt, schlag ich sie ihm ein!« Mischa Heideck packte wieder zu und schüttelte den starr dastehenden Italiener. »Es macht mir gar nichts aus, nachher tausend Mark Strafe zu zahlen. Ich gehe sogar gern dafür ins Gefängnis, aber dieser Bursche fährt nicht mit dir fort!«
»Doch!« schrie Sonja trotzig.
»Nein!«
»Das wollen wir ja sehen!«
»Und wie wir das sehen werden!«
Mischa ließ Bombani los, packte Sonja blitzschnell an beiden Handgelenken und zerrte sie über die Straße zu seinem Wagen. Dort gab er ihr einen Stoß, sie fiel in den Sitz, Mischa setzte mit einem gewaltigen Sprung über sie hinweg, landete hinter dem Steuer und drehte den Zündschlüssel um. Der Motor heulte auf, und der Wagen raste davon, wie von einer Raketenrampe abgeschossen. Sonja wurde nach hinten gepreßt und klammerte sich irgendwo fest.
»Du bist wahnsinnig!« schrie sie. »Du bist irr!«
»Ich weiß es! Juchhei!«
»Halt sofort an!«
»Ich denke nicht daran!«

»Ich springe aus dem Wagen!«
»Bitte! Wir fahren jetzt bereits 120! Versuche es!«
»Willst du einen Skandal?!«
»Ja!«
Ricardo Bombani ordnete unterdessen sorgfältig seinen Anzug und den verrutschten Schlips, strich sich über die glatten, schwarzen Haare und ging zu seinem geliehenen Auto. Diese Deutschen, dachte er. Kein Benehmen! Welch ein Glück, daß ich kein Sizilianer bin! Ich hätte jetzt die Pflicht, ihn zu töten! So aber – zurück nach Cannes! Er setzte sich sinnend in den Wagen und bemitleidete sich. Zurück konnte er ja gar nicht. Er hatte einen Auftrag. Er mußte das Negativ dieses verdammten Bildes abliefern. Und er durfte nicht ohne das Bild zurückkommen. Er kannte die Macht Mr. Zeros.
Mischa Heideck war aus der Stadt hinausgerast und fuhr die Elbe hinab. Dann bog er ab und lenkte den Wagen langsamer über Waldwege und durch Wiesen, in so einsame Gegenden, daß Sonja ein wenig Angst bekam. Sie umklammerte ihre Handtasche. Ich werde um mich schlagen und kratzen und treten und spucken, wenn er mich anfaßt, dachte sie. So ein Lump kann er doch nicht sein, daß er mich hier in die Einsamkeit entführt, um mich ... Sie sah Mischa von der Seite an. Fast eine halbe Stunde waren sie stumm nebeneinander gesessen.
»Wohin fahren wir?« fragte sie jetzt und stieß Mischa in die Seite.
»Nicht mehr weit.«
»Was soll das?«
Sie kamen wieder in ein Waldstück. Hier hielt Mischa an, und Sonja drückte ihre Tasche vor ihre Brust.
Mischa grinste. »Angst?«
»Nein!« sagte sie tapfer. »Überhaupt nicht! Vor dir? Pah ...«
»Ist auch nicht nötig. Ich bin mit dir hierher gefahren, damit du mich anhörst. Hier kannst du schreien und toben, es hören uns nur die Vögel und Füchse. Weglaufen kannst du nicht, denn du weißt nicht, wohin. Du mußt mir also zuhören!«
»Ich will aber nicht!«

»Versuche, es nicht zu tun ...« Mischa lachte gequält. »Warum machen wir es uns so schwer?«
Sonja begann, zu singen. Lalalala, lauter, immer lauter. Eine sinnlose Aneinanderreihung von Tönen ... lalala ... tralalalala ... sie saß im Wagen, sah in den Abendhimmel und übertönte mit ihrem Gesang die Worte Mischas. Das wollte sie auch, sie wollte ihm zeigen, daß seine Worte für sie nicht vorhanden waren.
Mischa sprach weiter. Und je lauter er sprach, um so lauter sang Sonja, bis er sie an den Schultern packte, zu sich herumriß und ihr ins Gesicht schrie:
»Verflucht! Ich – liebe – dich!«
»Und Ellen Sandor?«
Sonjas Gesang war mit einem Mißton abgebrochen. Ihre Frage war schrill.
»Ich soll sie heiraten!«
»Aha! Aha!«
»Aber ich will nicht ...«
»Tralala ...« sang Sonja weiter. Mischa legte ihr die Hand auf den Mund, sie biß in seine Handfläche wie eine wilde Katze. Aber dann hörte sie mit den gurgelnden Tönen auf und starrte ihn angstvoll an.
»Ich lasse mich nicht für Geschäftsinteressen verkuppeln«, sagte Mischa Heideck. Vorsichtig ließ er die Hand sinken, bereit, sie sofort wieder auf Sonjas Mund zu pressen, wenn sie weitersingen würde. »Ich heirate, wen ich liebe. Und ich liebe dich!«
»Übernimm dich nicht mit deinen Geständnissen«, sagte Sonja frech. »Letzten Endes ist das Geld wichtiger! Und Ellen Sandor ist genau der Typ, der zu dir paßt. Stolz, eingebildet, dumm, elegant, liebestoll. Küßchen vor dem Tennissatz, Küßchen nach dem Tennissatz, immer und überall Küßchen ...«
»Ich weiß, daß du uns beobachtet hast. Darum muß ich mit dir sprechen, Sonja.« Mischa sah verlegen auf seine Hände. Die Handfläche rechts zeigte deutlich den geröteten Abdruck von Sonjas Zähnen. »Ich weiß, ich habe mich dumm benommen. Und Ellen Sandor leitet von gewissen Vorkommnissen das

Recht für sich ab, mit mir ...«
»Genug!« Sonja ballte die Fäuste. »Fahr mich nach Hause, Mischa! Sofort! Ich will nichts mehr hören!«
»Mein Gott, was verlangst du eigentlich?! Soll ich mit einundzwanzig Jahren noch naiv wie ein Daumenlutscher sein?! Natürlich habe ich vor dir Mädchen gekannt, und gut gekannt. Ich bin ein normaler junger Mensch, der liebt und gerne Spaß hat. Und nun hör einmal zu ...« Er nahm den Kopf Sonjas mit beiden Händen und drehte ihr Gesicht zu sich. »Von allen Mädchen, die ich bisher gekannt habe, war keine so wie du! Von einigen Mädchen kenne ich schon den Namen nicht mehr, keines hat es fertiggebracht, daß ich mich ehrlich verliebte.«
»Aha! So einer bist du also!«
»Was heißt das: so einer?!« Er sah auf Sonjas bebende Lippen. »Ich liebe dich«, sagte er leise. »Du bist die erste und einzige, bei der ich sage: Laß uns zusammenbleiben ... für immer ...« Dann küßte er sie, lange, mit geschlossenen Augen, und Sonja wehrte sich nicht. Als er sie losließ, sank sie nach hinten in die Polster. Sie rang nach Luft.
»Das ist alles ganz schön und gut«, keuchte sie. »Aber es ist nicht nötig, daß du mich dabei erstickst ...«
Der Rückweg war fröhlicher. Das Autoradio spielte, und Mischa und Sonja sangen dazu.

Zum erstenmal seit Bestehen des altehrwürdigen Hauses in der Petri-Fleet wurde dort eingebrochen. Der Dieb war von hinten gekommen, durch den Garten, hatte ein Kellerfenster der Nr. 5 eingedrückt, was ganz einfach war, denn es war durch kein Gitter geschützt. Wer dachte in dieser Gegend schon an Einbrecher? Seit fast zweihundert Jahren standen die Patrizierhäuser hier, Zeugnis hanseatischen Wohlstandes. Hier hatte sich noch nie ein Dieb hereingewagt. Und nun war es geschehen, ein Dieb durchsuchte die Räume des Antiquitätenhändlers Thomas Bruckmann.
Im Hause schlief alles fest. Die Schlafzimmer waren oben, und

was unten rumorte, war dort oben nicht zu hören. Auch ging der Dieb sehr geschickt vor, denn er hatte Übung in solchen Dingen. Es war nicht der erste Einstieg, den Ricardo Bombani unternahm.
Bombani ging mit seiner Taschenlampe durch die Zimmer und suchte nach diesem verfluchten Negativ. Man stelle sich die schier unlösbare Aufgabe vor: In einem fremden Haus soll man ein Bildchen suchen! Nichts weiter als ein Blättchen Zelluloid. Bombani ging systematisch vor, soweit dies überhaupt möglich war. Er untersuchte alle Schubfächer, den Schreibtisch Bruckmanns, den Rokokosekretär Irene Bruckmanns, wo er viele Negative fand, die er alle gegen die Taschenlampe hielt und begutachtete. Das Bild mit der Jacht war nicht darunter. Vor dem Tresor in Bruckmann Herrenzimmer hielt er sich gar nicht auf. Ein dämliches Negativ schließt man nicht hinter dicken Stahlplatten ein!
Als die unteren Räume ergebnislos durchsucht waren, schlich Bombani ein Stockwerk höher. Hier lagen die Schlaf- und Gastzimmer, und das erste, das Bombani leise öffnete, war das Elternzimmer.
Thomas Bruckmann schlief fest. Er schnarchte laut, begleitet von seiner Frau Irene, die einen pfeifenden Atem hatte. Bombani sah ein, daß hier kein Negativ sein konnte, und schloß wieder die Tür. Das nächste Zimmer war leer, das übernächste auch. Aber im vierten sah er Sonja im Bett liegen, auch in tiefem Schlaf. Sie hatte die Steppdecke etwas weggestrampelt, und ihr blondes Haar leuchtete. Schön war sie.
Doch Bombani riß sich von dem Anblick los, tappte auf Zehenspitzen im Zimmer herum und suchte alle Schubladen durch, in denen ein junges Mädchen seine Sachen ablegt.
Das Negativ war nicht darunter.
Bombani setzte sich auf einen Stuhl, knipste die Taschenlampe aus und starrte in die Dunkelheit. Was tun? Sonja wecken und sie zwingen, das Negativ herauszugeben? Wenn sie aber Krach schlug? Und was hatte Mr. Zero gesagt: Keine Gewalt! Kein Aufsehen! Niemand soll wissen, wieviel wert dieses Bild ist!

Bombani seufzte leise, ließ den Lichtstrahl noch einmal über Sonjas Gesicht gleiten, seufzte tief und schlich dann hinaus.
Auf dem Flur hörte er plötzlich das Anknipsen von Licht und tapsende Schritte.
Es kommt jemand! – Es kommt jemand!
Bombani reagierte wie in alten Zeiten. Er schnellte über den Flur, riß irgendeine Tür auf und zog sie hinter sich zu. Das geschah im letzten Moment, denn gleichzeitig erschien Irene Bruckmann, in einen großgeblümten Morgenmantel gewickelt, und ging noch etwas schlaftrunken zum Badezimmer.
Bombani ließ seine Lampe aufleuchten.
Ein schmaleres Zimmer als die anderen, am Fenster ein Bett, im Bett ein Mädchen, aufrecht sitzend, starr vor Schreck, den Mund halb offen, als schreie sie jede Sekunde los, die Augen auf den Lichtstrahl gerichtet, der über sie hinwegglitt.
Bombani blieb keine andere Wahl – er rettete sich in seinen Charme.
»O Madonna ...« flüsterte er. »Endlich finde ich dich! Psst ... sei still ... Seit Tagen laufe ich dir nach. O mein süßes Mädchen ... Es zerriß mich, wenn ich dich sah, auf der Straße, im Laden ... meine Sehnsucht machte mich ganz krank ... Endlich finde ich dich ...«
Er stürzte zu dem Bett, kniete davor nieder und begann, das starre Mädchen zu küssen.
Wer kann Ricardo Bombani widerstehen?! Von San Remo bis Genua konnte es keine Frau, warum sollte es gerade Else, das Hausmädchen der Bruckmanns? Nach dem vierten glühenden Kuß wurde sie weich, nach dem neunten lag sie in Bombanis Armen, nach dem vierzehnten glaubte sie, irgendwo in Italien zu sein.
So wurde Bombani gerettet.
Am nächsten Morgen, als die Familie Bruckmann schon längst in die Stadt gefahren war, schlich der schöne Ricardo aus dem Hause Petri-Fleet 5. Else ließ die zerbrochene Kellerscheibe erneuern. Niemand erfuhr von den nächtlichen Besuch.
Man hat eben Glück, wenn man ein schöner Mann ist!

Es fiel Bombani schwer, aber er mußte es tun. Er schickte ein Telegramm an Roger Corbet. Es lautete:
»Apfelsinen nicht erreichbar. Soll ich Pampelmusen kaufen? Ricardo.«
In der weißen Villa hoch oben auf dem Felsen bei Cannes bekam Corbet traurige Augen, als er dieses Telegramm las. Er wußte, was nun kam. Mr. Zero wartete auf die Erfolgsmeldung. Und er kannte keine Gnade, ganz gleich, ob sein Auftrag durchführbar oder unmöglich war. »Wo ein Wille, da ein Weg!« sagte er immer. »Unmöglich ist allein, 200 Jahre alt zu werden! Alles andere *ist* möglich!«
Roger Corbet wartete die Zeit ab, in der man Mr. Zero sprechen konnte, und rief dann die geheime Nummer an. Mr. Zero war sofort am Apparat, und Corbet las ihm das Apfelsinen-Telegramm Bombanis vor.
»Sie haben einen Idioten nach Hamburg geschickt, Roger!«
»Er war mein bester Mann, Chef.«
»Der beste Idiot, mag sein! Das Negativ muß her! Soll das große Asiengeschäft platzen? Es hängen mittlerweile 10 Millionen dran. Die Preise steigen! Gestern hatte ich einen netten Abend mit Kommissar Bouchard. Wir spielten eine Partie Bridge zusammen. Er erzählte mir, daß die Fangkommandos der internationalen Polizei zur Bekämpfung des Rauschgifthandels auf der Lauer liegen. Und von dem Bild faselte er. Ich tat begeistert und lobte ihn. Kurzum ... das Negativ muß zu mir! Es wird keine zwei Tage mehr dauern und Bouchard kennt die Adresse dieses Mädchens. Dann bittet er die deutsche Polizei um Amtshilfe, und wir fliegen alle auf. Auch Sie, Corbet! Ich werde dann vielleicht in Afrika sein, aber Ihr Hals hängt todsicher in der Schlinge!«
»Was sollen wir tun, Chef?« Corbet schlug das Herz bis zum Hals. »Es bleibt uns nur noch die eine Wahl, die Sie nicht wollen: Wir müssen die Kleine selbst in die Zange nehmen!«
»Das scheint mir jetzt auch der einzige Weg, Roger. Veranlassen Sie alles. Bringen Sie diese Sonja und ihr Millionenbild zu mir. Ende.«

»Ende, Chef.« Corbet legte auf.
Zehn Millionen hängen bis jetzt daran. An einem dusseligen Bild! Zehn Millionen, davon zehn Prozent für ihn.
Roger Corbet wurde munter. Für eine Million in bar konnte man das auch werden.
Und so bekam Ricardo Bombani noch am gleichen Tag ein Telegramm aus Cannes.
»Kaufen Sie Pampelmusen und sorgen Sie für einen einwandfreien Transport zum Hafen. Roger.«
Bombani saß mit dem Telegramm auf seinem Bett und stierte gegen die Wand. Der Auftrag war klar, aber ihn schauderte davor.
Es war das erste Mal, daß er ein Mädchen kidnappen sollte.

Es gibt Menschen, die ganz plötzlich ein unruhiges Leben haben, obwohl sie früher so geruhsam dahinlebten. Der arme Fotograf Zambatti in St. Tropez war ein solcher Mensch. Seit dem Fotowettbewerb, ein Gedanke, den er jetzt verfluchte wie den Satan selbst, hatte er keine Ruhe mehr. Und er ahnte Böses, als an einem Mittag, als die Straßen vor Hitze leer und sein Geschäft verlassen war, zwei Männer in weißen Anzügen und kecken Strohhüten eintraten, die Ladentür schlossen und ihm freundlich zuwinkten.
»Hör einmal zu, du Hohlkopf!« sagte der eine Mann leichthin. »Wenn dich jemand fragt, wer das Bild gemacht hat, du weißt, was für eins, dann sagst du, du hättest den Namen vergessen. Von der Adresse in Deutschland hast du gar keine Ahnung. Sagst du doch etwas, kaufe dir einen Rollstuhl. Du wirst ihn nötig haben. Und deine Bude hier brennt ab. Klar?!«
»Alles klar! Ihre Aussprache ist deutlich und gut.« Der arme Zambatti zitterte hinter seiner Theke. »Noch etwas?«
»Ja. Die Polizei wird dich auch fragen. Hast du etwas ausgefressen?«
»Nein ... nur ab und zu eine Überschreitung der Ladenschlußzeiten ...« Zambatti war dem Weinen nahe.

»Die Strafen bezahlen wir. Du bist stumm wie ein Regenwurm. Also auch die Polizei kann dir nichts! Vergiß das nicht ...«
Diese Erklärung war wichtig, denn eine Stunde später erschien Kommissar Bouchard im Laden Zambattis. Der Fotograf hatte vor Kummer einen Liter Wein getrunken, was bei dieser Hitze schon fast ein Verbrechen war. Mit hochrotem Kopf saß Zambatti hinter der Theke und starrte die kleine Ausweismappe an, die ihm Bouchard unter die Nase hielt.
»Die Polizei!« jubelte Zambatti trunken. »Ein Foto, Herr Kommissar? Porträt? Oder Glanzbild? Oder auf Eisbärfell mit nacktem Popo. Haha!«
»Sie sind ja besoffen!« sagte Bouchard ärgerlich. »Am hellen Mittag!«
»Ich feiere die siebte Wiederkehr meines Witwerdaseins!« rief Zambatti. »Darf ich Sie einladen, Herr Kommissar?! Meine Anna Maria Doria war es wert, daß man sie betrinkt! Ein Mordsweib, Herr Kommissar! Ich habe einen guten Roten ...«
»Das Mädchen, das das preisgekrönte Foto gemacht hat, hieß Sonja Bruckmann, nicht wahr?« fragte Bouchard ohne Umschweife. Zambatti lachte blöde.
»Welches Bild, Herr Kommissar?«
»Das Meerbild mit der Jacht.«
»Ach das! Der Name ist mir entfallen.«
»Aber die Zeitung wußte ihn noch. Wo kam diese Sonja Bruckmann her?«
»Völlig vergessen, Herr Kommissar. Einen Roten, wenn's angenehm ist ...?«
Zambatti erhob sich schwankend. Bouchard griff über die Theke und hielt ihn am Hemd fest. »Zambatti, es geht auch anders. Sie kennen die Adresse! Wir können auch in allen Hotels nachfragen, dann haben wir die Anschrift. Aber bei Ihnen ist es einfacher und schneller! Wohnte sie in St. Tropez oder in der Umgebung?«
»Bin ich ein Wahrsager, Kommissar?« Zambatti rülpste, aber die Augen waren merkwürdig klar.
»Gut! Ich habe hier Meldungen der Polizisten. Sie haben im

vergangenen Monat vierzehnmal die Ladenzeiten überschritten.«
»Schicken Sie mir den Strafbefehl!« Zambatti schwankte. Sie hatten also recht, die feinen, brutalen Herren! Zum Teufel, was war bloß mit dem Bild?! »Und nun muß meine Zunge begossen werden, Herr Kommissar. Das viele Sprechen macht sie ganz rauh.«
Um das zu beweisen, streckte er Bouchard weit seine Zunge heraus. Bouchard ließ Zambatti los und gab ihm einen Stoß, das er gegen die Wand taumelte. »Also machen wir es anders!« sagte der Kommissar ernst. »Aber Sie, Zambatti, werden noch Blut ausschwitzen, das verspreche ich Ihnen!«
Zambatti glaubte ihm aufs Wort. Er begann zu weinen, als Bouchard den Laden verlassen hatte, hockte sich in eine Ecke und hatte Angst.
Dann beschloß er, auszuwandern, seinen Laden zu verkaufen und nach Allasio zu ziehen, wo man auch gutes Geld an den Touristen verdienen konnte. Als Strandfotograf, wenn man die Strandpächter am Verdienst beteiligte ... Und außerdem war man in Italien, in der Heimat. O mama mia ...
Zambatti weinte weiter, und es tat ihm gut.

Schon als die Ladenklingel ertönte – das Glockenspiel aus Florenz – und Sonja aus dem Hinterzimmer die lang auf die Schultern fallenden Locken in tiefem Schwarz sah, wußte sie, daß eine halbe Stunde auf sie zukam, die alle ihre Kräfte brauchen würde. Sie blieb so lange im Hinterzimmer, wie es ging. Ihr Vater bediente ein Ehepaar, das sich für ein Renaissancebett interessierte, aus dem es eine Bar machen wollte, die beiden anderen Verkäufer waren ebenfalls besetzt, es gab also kein Ausweichen.
Sie kam aus ihrem Versteck heraus wie eine angreifende Wölfin, die ihre Jungen verteidigt vor einem hungrigen Bären.
Ellen Sandor, verführerisch schön, in einem Minikleid, das ihre langen Beine hervorhob, die Augenbrauen etwas hochgezogen,

musterte gerade eine chinesische Vase aus der II. Ming-Dynastie, als Sonja um ein Regal herumkam. Die Mädchen hatten sich offiziell noch nicht gesehen, aber Ellen Sandor wußte sofort, wer die blonde Schönheit inmitten der wertvollen Altertümer war.
»Echt?« fragte Ellen mit einem maliziösen Lächeln. Dabei tippte sie auf die Vase, die über 5000 DM kostete.
»Sie meinen, Ihre Haarfarbe? Ich weiß nicht ... so ein ebenmäßiges Schwarz gibt es in der Natur gar nicht.«
Sonja atmete auf. Die erste Runde für mich! Ihre Augen ziehen sich zusammen. Das hat gesessen, mein Püppchen, nicht wahr?! Das tut weh! Soll es auch! Was du mir sagen willst, soll ja auch weh tun!
Ellen Sandor ging weiter durch die Antiquitäten, stolz, sich in den Hüften wiegend, sich ihrer Schönheit bewußt. Wie demütige ich sie, dachte sie dabei. Soll ich sie auf Leitern jagen, um mir alte Klamotten zu zeigen? Soll ich um einen Preis feilschen? Das ist alles billig. Man muß es anders machen. Man muß mit einem gezielten Schuß ihr Herz treffen.
»Wo ist Mischa?« fragte sie plötzlich. Sonja zuckte zusammen. Instinktiv sah sie auf eine der vielen Uhren. 16 Uhr. Um 19 Uhr wollte Mischa sie abholen. Noch drei Stunden, was kann in drei Stunden aber alles geschehen!
»Nein!« sagte sie trocken. »Ich weiß auch nicht, warum *Sie* mich das fragen? Wenn Sie ihn suchen ... Sie kennen ja alle Plätze, wo er sich aufhalten könnte.«
»Allerdings.«
»Hier ist er nicht! Er steckt weder in einer Bodenvase, noch hockt er in einem alten Bauernschrank. Aber wenn Sie nachsehen wollen ...« Sie öffnete einen bemalten Bauernschrank aus dem 17. Jahrhundert. »Bitte ...«
»Werden Sie nicht impertinent!« Ellen Sandor bekam einen roten Kopf. Ihre Nasenflügel zitterten wie bei einem zurückgehaltenen Rennpferd. »Ich weiß, daß Sie Mischa erwarten. Heute abend.«
»Dann wissen Sie sehr viel«, sagte Sonja steif.

»Ich weiß aber noch mehr.«
»Kann ich Ihnen etwas verkaufen?« Sonja zog wie zum Schutz die Schultern hoch. Der Blick Ellen Sandors war wie eine Stichwaffe. »Interessieren Sie sich vielleicht für Ausgrabungen? Ich habe einen Schminktopf aus der Zeit der Phönizier hier.«
»Ich weiß, daß Mischa heute abend *nicht* kommen wird.«
»Ach!« Sonja wurde es eiskalt ums Herz. »Fromme Wünsche sind kein Wissen.«
»Mischa *kann* gar nicht kommen. Er ist heute morgen nach Düsseldorf geflogen. Zu meinem Vater.« Ellen Sandor streichelte den Bauch einer nackten Mädchenplastik, die den Frühling darstellte. Dann sah sie auf die Uhr und nickte. »Genau um diese Stunde sitzt er jetzt vor ihm und hält bei ihm um meine Hand an ...«
Es war ein Schlag, den Sonja nicht erwartet hatte. An alles hatte sie gedacht, als sie Ellen Sandor in den Laden kommen sah, an alle Gemeinheiten, die man sich an den Kopf schleudert, wenn man um einen Mann kämpft. Darauf hatte sie sich eingestellt, da wollte sie mitmachen und siegen, aber diese nüchterne Mitteilung, dieses Zerreißen ihres Herzens, das kam so plötzlich, das war so ungeheuerlich, daß sie gegen den Regal taumelte und sich dagegenlehnte. Ihre Augen verloren allen Glanz.
»Das ist nicht wahr«, stammelte sie bloß. »Das ist ... nicht wahr ...«

## 5

Ellen Sandor genoß Sonjas Verzweiflung. Sie spielte mit einer birmesischen Glöckchenpagode und ließ die silbernen Glöckchen aufklingen, indem sie mit den Fingerspitzen dagegen tippte. Eine fröhliche Melodie zu Sonajs innerer Aufgewühltheit.

»Sie lügen«, sagte Sonja heiser. Es war ihr, als halte ihr jemand den Hals zu. »Sie lügen!«
»Es steht Ihnen frei, bei Mischa anzurufen. Sie haben seine Telefonnummer? Nein? Merkwürdig. 3 78 89 ...« Auch diesen Triumph genoß sie mit vollen Zügen. Ein Mädchen, das nicht einmal die Telefonnummer ihres Liebsten hat, was ist das für eine merkwürdige Liebe? Sonja spürte diesen Hohn. Sie atmete ein paarmal tief durch, ehe sie sich wieder gefangen hatte. Der Glanz kam in ihre Augen zurück, aber das Herz tat weh, als sei es mittendurch gebrochen.
»Sie wollen also nichts kaufen?« fragte sie kalt.
»Nein Antiquitäten machen mich allergisch. Ich rieche dann überall Staub. Ich bin ein moderner Mensch.«
»Dann entschuldigen Sie mich, ich werde dort von einer neuen Kundin gewünscht.« Sonja ließ Ellen Sandor einfach stehen und ging zur Hauptheke. Dort stand eine Kundin und betrachtete römische Ausgrabungen. Kleine Vasen, Ölamphoren, flache Schmuckschalen.
Ellen Sandor warf den Kopf in den Nacken und verließ stolz den Laden. Ihre Mission war erfüllt, wenn Sonja Bruckmann noch einen Funken Mädchenehre hatte, würde sie Mischa nicht mehr ansehen. Der Kampf war gewonnen, und der Sieg war leicht gewesen. Eine ebenbürtige Gegnerin für Ellen Sandor hatte es noch nicht gegeben. Sie war gewöhnt, ihren Willen durchzusetzen. Wer konnte ihr schon widerstehen?! Die Macht der väterlichen Millionen war zu groß; wer gegen ihren Willen handelte, bekam es zu spüren.
Sonja wartete, bis Ellen Sandor mit ihrem hellroten Sportwagen weggefahren war. Dann entschuldigte sie sich bei der Kundin, lief ins Büro und rief Mischa Heideck an.
Niemand nahm den Hörer ab. Sie ließ durchschellen und legte schließlich wieder auf. Er ist tatsächlich verreist, dachte sie. Angst umklammerte ihr Herz, und aus dieser Angst wurde langsam Trauer, die sich zu Enttäuschung und Wut wandelte. »Soll er sie heiraten!« dachte sie, als es Abend war. Sie sah sich im Spiegel an, verglich sich mit Ellen Sandor und wußte keine

Antwort auf die im Inneren bohrende Frage, was Mischa so Besonderes an Ellen fand. Sie hatte eigentlich nichts, was Sonja nicht auch vorweisen konnte. Und doch fehlte etwas, das gewisse Etwas, der Pfiff, die Ausstrahlung.

Sonja nahm die langen Haare hinten hoch und steckte sie fest. Dann griff sie in die Tasche, holte einen Lippenstift heraus und schminkte sich dick die Lippen. Sie zog die Augen nach, umrandete sie dick und strich ein wenig Farbe auf die gesenkten Lider. Sie war so vertieft, daß sie ihren Vater erst bemerkte, als er hinter ihr stand und über ihre Schulter in den Spiegel blickte.

»Was soll denn das?« fragte Thomas Bruckmann verwundert. »Haben wir Karneval?!«

Sonja ließ alle Schminkutensilien sinken. Ihr Gesichtchen verzog sich wie zu einem Weinen.

»Gefällt es dir?« fragte sie leise.

»Scheußlich!«

»Das sage ich auch!« Sie ließ Wasser laufen, nahm einen Waschlappen und schmierte alle Farbe über ihr Gesicht. Wie ein Clown, der sich abschminkt, sah sie aus. Lachend verließ Bruckmann den Waschraum. Welche Faxen junge Mädchen doch im Kopf haben, dachte er. Er wußte nicht, wie ernst das alles war, wie verzweifelt Sonja war, wie zerstört ihr Herz war.

»Ich bin keine angemalte Puppe!« sagte sie leise zu ihrem verschmierten Spiegelbild. »Wenn du so etwas liebst, Mischa ... leb wohl! Dann wollen wir uns vergessen.«

Am Abend, nach dem Essen, ging Sonja auf ihr Zimmer und legte sich ins Bett. Sie machte das Licht aus. Im Dunkeln starrte sie an die Decke und dachte an Mischa, der jetzt in Düsseldorf am Tisch des Millionärs Sandor saß und mit seinem zukünftigen Schwiegervater anstieß.

Und da erst weinte sie.

Unten, im Wohnzimmer, trank Thomas Bruckmann seine abendliche Flasche Wein. Irene Bruckmann las in einer Frauenzeitschrift und suchte ein neues Modell für ein Winterkostüm aus.

»Sonja gefällt mir nicht«, sagte Bruckmann plötzlich. »Sie hat sich irgendwie seit den Ferien verändert. Ob immer noch dieser Michael Heideck in ihrem Gehirn spukt? So wie sie benehmen sich nur unglücklich verliebte Mädchen.«

»Soll ich sie mal danach fragen?« Irene Bruckmann legte die Zeitschrift weg. »Vielleicht sagt sie mir als Mutter mehr als dir. Wir haben ihr doch so klar auseinandergelegt, daß Heideck nicht zu ihr paßt. Der Unterschied ist eben zu groß . . .«

»*So* groß nun auch wieder nicht!« Bruckmann sog an seiner Zigarre und blies Ringe gegen die Decke. »Ich bin kein Bettler. Wir haben ganz schön etwas geleistet im Leben, Irene.«

»Aber du bist kein Millionär.«

»Hängt daran die Seligkeit?«

»Du weißt, was ich meine.« Irene sah sinnend hinaus in den kleinen, gepflegten Garten. »Das Wirtschaftswunder hat auch wieder Klassen geschaffen. Es ist unverständlich, aber wahr. Man hat vergessen, daß man vor dreißig Jahren fünf Stunden für zweihundert Gramm Brot anstand, daß man in zerbombten Kellern hauste. Jetzt hat man Millionen, und alles um einen herum ist nur betrachtenswert mit hochgezogenen, hochmütigen Augenbrauen.«

»Du ereiferst dich wie eine Wahlrednerin«, sagte Bruckmann gemütlich.

»Es geht um das Glück meiner Tochter! Dieser Heideck muß aus Sonjas Leben verschwinden.«

»Ich werde morgen mit ihr sprechen.« Bruckmann trank bedächtig seinen Wein. »Einem Vater sagt die Tochter alles!«

Das klang stolz. Bruckmann untermalte es mit vielen Kringeln Rauch aus seiner Zigarre. Irene Bruckmann schwieg, sie sah ihren Mann nur ein wenig mitleidig an. Aber seine Vaterwürde zerstörte sie nicht.

Den ganzen folgenden Tag kam Bruckmann nicht dazu, seine Tochter »ins Gebet zu nehmen«, wie er es nannte. Der Antiquitätenladen war ständig überfüllt, denn es hatte sich herumgesprochen, daß Bruckmann ein französisches Schloß »ausgeschlachtet« hatte, wie es Louis Bonkratius nannte, ein alter,

kunstsinniger Reeder.
Den ganzen Tag mußte Bruckmann die Fotos seiner Neuerwerbungen zeigen und erklären, die Sachen kämen durch Zoll und Frachtverzögerung erst in etwa zwei Wochen an. Ohne ein Stück im Geschäft zu haben, verkaufte Bruckmann fast die Hälfte seines Schloßaufkaufes an seine Kunden. Besonders begeistert war Louis Bonkratius von einem Krankenstuhl aus dem 18. Jahrhundert. Es war ein Möbel, das im Sitz ein großes Loch hatte, unter dem eine Kupferpfanne hing, in die der bewegungsunfähige Kranke ungeniert seine Geschäfte machen konnte.
»Das wird mein Ehrenstuhl!« lachte der alte Bonkratius. »Auf den kommt jeder prominente Besucher! Um den Sitz lasse ich einen Volant machen, damit man nicht gleich die Pfanne sieht. Und erst, wenn der Gast sich wohl fühlt, wird der Vorhang weggezogen! Welch ein Spaß! Der erste Besucher wird der Senatspräsident sein . . .«
Am Abend, Sonja war ins Kino gegangen, ohne daß Bruckmann mit ihr gesprochen hatte, wurde die Familie überrumpelt. Es klingelte, das Hausmädchen grinste, als sie den Besuch anmeldete, und Irene Bruckmann setzte sofort ein Gesicht auf, das Thomas kannte. Es war das Gesicht der »sieben Gläser saurer Gurken«, wie er es nannte.
Mischa Heideck trat ein. In der Hand hielt er einen großen Strauß blaßrosa Rosen. Sie mußten ein sündhaftes Geld gekostet haben.
»Das ist ein lieber Besuch!« rief Bruckmann entgegen allen Vorsätzen. Er kam Mischa entgegen und drückte ihm die Hand. »Sie sehen gut aus! Noch immer die Mittelmeerbräune, oder waren Sie schon wieder im Süden?«
Vielleicht nimmt er Höhensonne, dachte Irene giftig. Ihr Mutterherz stellte sich zum Kampf ein. In ihrem Blick lag, was sie nicht aussprach: Was wollen Sie hier, Sie Playboy? Sie bringen nur Unruhe in ein gutes bürgerliches Haus.
Mischa Heideck überreichte Irene Bruckmann die herrlichen Rosen mit ein paar artigen Worten. Er bat um Vergebung, daß

er zu unangebrachter Zeit käme, aber er sei erst heute mittag aus Düsseldorf zurückgekommen. Dann fragte er direkt: »Wo ist Sonja?«

»Im Kino«, sagte Bruckmann.

»Das ist gut.« Mischa nahm Platz. Irene Bruckmann legte die Rosen neben sich auf den Tisch, als seien sie aus Papier. Es wäre ein leichtes gewesen, dem Mädchen zu läuten, eine Vase zu holen. Irene tat es aus Protest nicht.

»Wieso ist das gut?« fragte sie spitz.

»Ich möchte Sie bitten, mich anzuhören.« Mischa sah zu Bruckmann hinüber, als erwarte er dort Hilfe. Aber Thomas Bruckmann war damit beschäftigt, noch ein Glas Wein zu holen. »Sie kennen mich vom Urlaub her, und ich bin glücklich, Ihre Familie kennengelernt zu haben. Ich glaube, daß ich mich immer anständig benommen habe.«

»Hm, hm«, machte der alte Bruckmann. Das war die merkwürdigste Rede, die er je von einem jungen Mann gehört hatte. Irene Bruckmann saß steif im Sessel, wie Königin Elisabeth nach dem Todesurteil an Maria Stuart.

»Ohne Zweifel«, sagte sie hoheitsvoll.

»Aber ich glaube, daß zwischen Sonja und mir ein großes Mißverständnis besteht.«

»Das sollten Sie doch am besten mit Sonja selbst klären«, meinte Bruckmann. Irene winkte hastig ab. So etwas nennt er Diplomatie!!! Wo man jetzt die Fäden in die Hand bekommt ...

»Es ist gut, daß Sie gekommen sind, Herr Heideck«, sagte sie etwas freundlicher. »Was können wir tun?«

»Ich möchte Sie zum Verbündeten haben.«

»Ach!«

»Ja. Ich ... ich mag Sonja gern ... sonst wäre ich jetzt nicht hier.«

»Das stimmt!« sagte Bruckmann. Ein Blick Irenes durchbohrte ihn. Betroffen schwieg er. O je, dachte er. Da sitzt eine Schlange und hypnotisiert das Kaninchen. Jetzt ist sie in ihrem Element.

»Sonja glaubt, mich verbindet mit der Tochter eines Fabrikanten, Ellen Sandor, mehr als nur Freundschaft. Ich habe versucht, ihr dies auszureden, aber ich habe das Gefühl, es ist mir nicht voll gelungen.«
»Ihr Gefühl täuscht Sie nicht. Sonja mißtraut Ihnen.«
Bruckmann zuckte zusammen. Wie kann Irene so etwas sagen, dachte er. Sie hat doch noch keinen Ton mit Sonja darüber gesprochen. Er bekam Mitleid mit Mischa, der hier wie auf einer Folterbank saß.
»Aber wie kommt sie denn dazu?« sagte Mischa sichtlich betroffen. »Sie hat doch gar keinen Grund ...«
In diesem Augenblick wurde die Tür aufgerissen und schlug gegen die Wand.
Sonja stand im Zimmer, die Haare vom Laufen zerflattert.
»Also doch!« rief sie. »Es stimmt. Er ist da!«
»Sonja!« Irene Bruckmann schnellte aus dem Sessel. »Ich denke, du bist im Kino?!«
»Ich hatte gerade die Karte gekauft, als Luise kam und sagte, sie habe Heidecks Wagen in Richtung auf den Petri-Fleet fahren sehen. Da bin ich zurück. Und da steht der Wagen vor unserer Tür!« Sie fuhr herum zu Mischa, der ebenfalls aufgesprungen war. »Was willst du hier?!«
»Sonja, er hat Mama so schöne Rosen mitgebracht ...« sagte Bruckmann. Aber eine Sturmflut ist leichter aufzuhalten als ein zorniges Mädchen vom Schlage Sonjas.
»Sind die übriggeblieben von Düsseldorf?« rief sie. »Na, wann ist die Hochzeit? Soll ich euch Blümchen streuen?« Sie warf die Hände vor das Gesicht und stampfte mit den Füßen auf. »Geh! Geh sofort! Ich will dich nie wiedersehen ...«
»Sonja ...« stammelte Mischa. »Hör mich an ...«
»Geh!« Ihre Stimme wurde schrill. »Papa, wirf ihn hinaus! Wirf ihn hinaus ...«
Aber sie wartete nicht ab, was Bruckmann nun tat, sondern wirbelte herum und rannte in ihr Zimmer. Deutlich hörte man, wie sie abschloß. Dann war lähmende Stille im Haus.
»Da haben Sie es!« sagte Irene endlich. Ihr mütterlicher Stolz

triumphierte. »Wir können Ihnen keine andere Antwort geben ...«
»Aber das muß ein Irrtum sein ...« Mischa kam sich wie aus dem Wasser gezogen vor. »Ich verstehe das nicht ... Was meinte sie mit Düsseldorf? Ich war in Düsseldorf, ja ... aber nur, um im Eisenkontor Stahl einzukaufen.«
»Sie haben es nicht nötig, uns Ihre geschäftlichen Transaktionen zu erklären«, sagte Irene Bruckmann steif. »Sie sehen, auch meine Tochter verzichtet auf Erklärungen. Damit dürfte Ihr Besuch gegenstandslos geworden sein.«
»Allerdings ... ja ... Unbegreiflich ...« Mischa verbeugte sich vor Irene und verließ das Zimmer. Bruckmann begleitete ihn zur Haustür. »Verstehen Sie das?« fragte Mischa.
»Nein!« sagte Bruckmann ehrlich.
»Aber Ihre Frau scheint es zu verstehen.«
»Sie tut nur so. Mütter wollen immer alles verstehen.«
»Es muß mit Ellen Sandor zusammenhängen.«
»Bestimmt. Junger Mann ..« Bruckmann tat sehr jovial. So lassen sich am besten bittere Wahrheiten aussprechen. »Was auch immer es sein mag ... überlegen Sie mal: Wie soll das enden?«
»Ich möchte nicht vorgreifen, aber ich liebe Sonja und wäre in Kürze zu Ihnen gekommen, um um ihre Hand anzuhalten.«
»Meine Tochter ist erst siebzehn.«
»Ich weiß es. Wir hätten auch gewartet ... aber es sollte nur Klarheit sein.«
»Und Sonja kommt aus einem zwar wohlhabenden, aber nicht reichen Haus.«
»Muß man darüber sprechen?«
»Sie leben in einem anderen Kreis, Mischa.«
»Er ist stinklangweilig und vermieft! Wenn Sie das meinen?«
»Sie gefallen mir.« Bruckmann klopfte Mischa auf die Schulter. »Ich werde mit Sonja einmal als Vater und Freund reden.«
»Und wann kann *ich* Sonja sprechen?«
»Das müssen Sie mit ihr allein aushandeln! Da kann ich Ihnen nicht helfen, Mischa! Sie sind alt und klug genug, um Mittel und Wege zu finden, Sonja zum Zuhören zu bringen.«

»Eine schwere Arbeit.« Mischa Heideck dachte an die Entführung in den Wald. Ein zweites Mal gelang ihm das nicht, das wußte er. »Guten Abend, Herr Bruckmann. Und noch eins: Was Sonja auch erzählen mag, es ist alles ein Irrtum. Ich liebe sie ... glauben wenigstens Sie mir.«
»Nun gut!« Bruckmann hielt seufzend die Tür auf. »Was man von einem Vater nicht alles verlangt!«

In der weißen Villa auf dem Felsen bei Cannes fand eine Sitzung statt. Nach außen hin war sie getarnt als Party. Die Herren kamen im weißen Smoking, die Damen im Abendkleid, unten in den geparkten Wagen saßen die Chauffeure in Livree und vertrieben sich die Zeit mit Kartenspiel. Eine verteufelt vornehme Gesellschaft, zusammengekommen aus den schönsten Villen der Umgebung. Drei Jachten schaukelten im kleinen Privathafen Corbets. Mit ihnen waren nordafrikanische Freunde gekommen.
Bei Kommissar Bouchard hatte es Alarm gegeben. »Alle Ganoven von Genua bis Bordeaux sind bei Corbet versammelt«, meldete der Sergeant, der an diesem Abend die Überwachung hatte. »Aber noch etwas ist passiert: Gäste sind auch der Polizeipräfekt, der Bürgermeister, zwei Minister aus Rom und der Präsident der südfranzösischen Bank. Was soll ich tun?«
»Den Mund halten und die Augen schließen«, sagte Bouchard sarkastisch. Dann hängte er ein. So ist das immer, dachte er bitter. Die ganz großen Gangster sind gesellschaftsfähig. Wie kann ich einen Rummel machen, wenn der Polizeipräfekt, ahnungslos wie er ist, selbst Gast ist? Und habe ich Beweise? Kann ich Corbet ein Pfund Heroin aus der Tasche ziehen?! Es ist schon zum Jammern!
Aber das Fest auf dem Felsen ließ ihm keine Ruhe. Er zog sich um, warf sich in einen weißen Smoking und fuhr hinaus zu den Klippen. Dort parkte er neben den großen Luxuslimousinen, klingelte nach dem Fahrstuhl, der hinauf zur weißen Villa führte, und lachte über das dumme Gesicht des Dieners Harun, eines Algeriers, als dieser den Kommissar entdeckte.

»Da staunst du, was?« sagte Bouchard und lehnte sich innen an den Fahrstuhl. »Wieviel Jahre Zuchthaus sind oben versammelt?!«
»Monsieur . . .« Harun war bleich unter seiner braunen Haut geworden. Bei Farbigen sieht man es daran, daß die Haut wie schmutzig wirkt. »Sind Sie eingeladen?«
»Aber ja!«
»Ihre Karte, bitte.«
»Hier.« Bouchard hielt Harun seinen Polizeiausweis unter die Nase. »Genügt das?«
»Ich weiß nicht, Monsieur.«
»Aber ich weiß es! Hinauf zum Paradies, Harun! Ich weiß, daß Corbet einen vorzüglichen Wein hat.«
In der weiträumigen Villa hatten sich einige Herren in Nebenräume zurückgezogen. Man vermißte sie gar nicht, denn es waren so viele Bekannte anwesend, daß man damit beschäftigt war, sich gegenseitig zu begrüßen und zu befragen. Die vornehmen Herren aber, die jetzt in einem roten Salon saßen und rauchten, machten ernste Gesichter und warteten auf etwas. Roger Corbet sah nervös an die Decke. Dort war in der Täfelung ein Lautsprecher eingelassen. Endlich knackte es in ihm. Die Herren hoben wie auf ein Kommando die Köpfe, es war fast, als säßen sie stramm.
»Alles da?« ertönte eine Stimme aus dem Lautsprecher.
Mr. Zero.
Roger Corbet nickte. »Ja, Chef. Alle. Auch die Freunde aus Afrika.«
»Ich weiß, ich habe ihre Schiffe gesehen. Idiotisch, so etwas. Die Polizei wird die Schiffe fotografieren. Doch davon später. Was meldet Hamburg?«
»Nichts, Chef.«
»Wenn innerhalb drei Tagen nichts geschieht, ist Bombani zu liquidieren.«
Über die Männer fuhr ein eiskalter Hauch. Die Hand des Todes hatte sie berührt. »Jawohl, Chef«, sagte Corbet heiser.
»Von Hongkong kommt ein Frachter herüber. Er ankert im

Mittelmeer, etwa neunzig Kilometer südlich von Mallorca. Er hat Rohseide geladen, aber im Mittelpunkt der Ballen liegen unsere Kapseln. Sektion III übernimmt hundert Kilo.«

»Verstanden, Chef«, sagte einer der nordafrikanischen Freunde.

»Sektion I übernimmt zweihundert Kilo.«

»Verstanden, Chef.«

»Sektion V übernimmt einhundertfünfzig Kilo. Wie ist die Strecke nach London?«

»Frei, Chef.«

»Sektion VII bekommt etwas Besonderes. Einhundert Kilo reines Morphium! Was machen die italienischen Kontaktmänner?«

»Sie warten, Chef. Aber sie werden immer teurer! Außerdem müssen sie woanders anlanden, der Polizeihauptmann von Villanuove ist versetzt worden.«

»Und der neue?«

»Unbestechlich, Chef.«

»Familie?«

»Eine Frau und zwei Kinderchen, Chef.«

»Fahren Sie eines der Kinder mal spazieren, das wird ihn überzeugen.« Die Stimme Mr. Zeros war kalt, mitleidlos, wie in Metall gepreßt. »Wir reden später darüber, Sektion VII. Am 25. kommt ein zweites Schiff und ankert in der Nähe von Rhodos. Es muß umgeladen werden. Sektion I und XI . . .«

»Hier, Chef!« schrien zwei der vornehmen Herren. In diesem Augenblick läutete das Telefon. Corbet hob ab, hörte und legte schnell wieder auf. Schweiß trat auf seine Stirn.

»Was ist?« fragte die Stimme Mr. Zeros.

»Bouchard ist eben eingetroffen. Im weißen Smoking . . .«

Es war, als lache Mr. Zero in sich hinein. Dann sagte er: »Wir unterbrechen. Ich werde mich dem Gast widmen. Wir werden uns gut unterhalten. Roger wird Bescheid sagen, wenn die Konferenz weitergeht . . .«

Es klickte im Lautsprecher. Mr. Zero war weg.

Kommissar Bouchard verließ gegen Mitternacht das weiße Haus Corbets. Er hatte mit vielen Bekannten gesprochen, einflußreichen Männern und Frauen der französischen Riviera, Künstlern und Politikern, Millionären und Industriellen. Er hatte gewußt, daß er in diesem illustren Kreise vergeblich nach seinem Riesenfisch angelte, aber er hatte ebenso sicher gewußt, daß der große Unbekannte unter ihnen war.

Roger Corbet begleitete Bouchard zum Fahrstuhl zurück.

»Na, Herr Kommissar, auf Ihre Kosten gekommen?« fragte er mit dickem Spott. Bouchard nickte freundlich.

»Aber ja, Corbet. Sie haben einen herrlichen Wein! Er reizt mich, immer wieder zu kommen.«

»Tun Sie das, Herr Kommissar.«

Nachdenklich sah Corbet dem versinkenden Fahrstuhl nach. Man hatte bisher den Fehler begangen, Bouchard für einen gutmütigen Trottel zu halten. Jetzt war es so, daß Corbet vor zwei Menschen Angst hatte: vor Mr. Zero und Kommissar Bouchard.

In dieser Nacht noch rief Bouchard die Zentrale in Marseille an. »Ich brauche einen Durchsuchungsbefehl für die Jacht Afrika II eines Mr. Roger Corbet«, sagte er. »Ja, ich weiß, das kann mir mein Präfekt geben, aber der tanzt gerade La Bostella. Nein, ich bin nicht besoffen. Es geht um Rauschgift, lieber Mann! Werfen Sie den Direktor aus dem Bett und geben Sie mir den Befehl mit Fernschreiber durch! Ich warte ...«

Bouchard wartete die ganze Nacht. Erst gegen Morgen, um fünf Uhr, tickte der Fernschreiber.

Es war zu spät. Als Bouchard an den Hafen kam, war die »Afrika II« schon ausgelaufen.

Zwanzig Minuten später verließ das schnelle Polizeiboot den Hafen und rauschte durch das in der Morgensonne golden schimmernde Meer. Bouchard stand neben dem Kommandanten und suchte mit einem Fernglas den Horizont ab.

»Die Sache läuft schief!« sagte er dumpf. »Corbet hat Wind bekommen! Nur, wo will er hin?! Ich bin gespannt, wo wir ihn finden.«

Bouchard hatte allen Grund, gespannt zu sein. Ihm stand noch ein seltenes Erlebnis bevor ...

In der Villa des Fabrikanten Heideck, draußen an der Unterelbe, wo in den großen Parks die Häuser liegen, die schon mehr Schlössern gleichen, gab es einen großen Krach. Entgegen aller Tradition, auch Auseinandersetzungen in vornehmer Stille zu zelebrieren, legte sich Mischa keinen Zwang auf. Er schrie.
»Nein!« rief er. »Verdammt noch mal, nein! Ich weigere mich!«
Der alte Heideck, ein würdiger, weißhaariger, schlanker Herr, der jeden Morgen mit seinem Rappen eine Stunde ausritt, bevor er frühstückte, sah seinen wütenden Sohn mit der Güte an, mit der man einen jungen, tolpatschigen Hund betrachtet.
»Ich weiß nicht, warum du dich erregst«, sagte er ruhig. »Ellen Sandor ist doch ein liebes, hübsches Mädchen.«
»Das zu beurteilen überlasse bitte mir, Papa!« Mischa hatte einen hochroten Kopf. Er war vor einer Viertelstunde vom Tennis gekommen. Dort hatte man ihm gratuliert. Ellen hatte verbreitet, daß man sich in den nächsten Tagen verloben würde. Da Ellen nicht zu erreichen war, raste Mischa zurück nach Hause. Und sein Vater nickte nur, als er diese Frechheit Ellens berichtete. »Es stimmt«, sagte der alte Heideck. »Ich habe mit Herrn Sandor alles besprochen. Ich dachte, ihr seid euch schon lange einig?«
»Ich weiß nicht, was hier gespielt wird«, rief Mischa laut, »und ich will es auch gar nicht wissen, aber eines ist sicher: ich heirate Ellen nie! Nie! Ich werde Sonja Bruckmann heiraten.«
»Den Namen habe ich doch schon gehört?« Der alte Heideck sah sinnend über den gepflegten englischen Rasen, der hinunter bis zur Elbe ging. Vier Frachtschiffe zogen träge nach Hamburg. »Wieviel Millionen bekommt sie mit?«
»Keine!« rief Mischa trotzig. »Ich heirate nicht die Pfennige!«
»Ellen ist die einzige Tochter. Sie ist Alleinerbin. Das Gesamtvermögen wird auf 120 Millionen geschätzt.«
»Und wenn sie in Brillanten gebadet wird, ich heirate das Mädchen, das ich liebe!«
»Liebe kommt von selbst.« Der alte Heideck drehte seinem Sohn den Rücken zu. Es ist schwer, wenn ein Vater etwas sa-

gen muß, was wie eine Beichte klingt. »Ich verstehe dich, mein Sohn. Aber menschliches Verstehen nutzt uns nichts. Die Ehe mit Ellen Sandor ist notwendig. Wir brauchen sie, wir sind sonst pleite, mein Sohn ...«
Es war Mischa, als verliere in diesem Augenblick die Sonne allen Glanz.

## 6

Es dauerte eine ganze Zeit, bis Mischa die Sprache wieder fand. Währenddessen stand der alte Heideck am Fenster und blickte stumm auf die Unterelbe. Es war, als wage er nicht, seinen Sohn anzusehen, als schäme er sich.
»Wie ... wie ist das denn möglich?« fragte Mischa endlich. Seine Stimme war belegt. »Unsere Firma, die seit zweihundert Jahren ...«
»Vor zweihundert Jahren gab es noch ehrliche Kaufleute, mein Sohn. Heute haben wir Boxer und Ringer an den Firmenspitzen. Management nennt man das vornehm. Du weißt, daß ich nie ein Mann war, der mit den Ellenbogen Recht suchte.«
»Aber die Fabrik läuft doch. Wir haben Aufträge. Ich war doch erst in Düsseldorf, um Stahl zu kaufen. Wir exportieren über fünfzig Prozent unserer Produktion.«
»Stimmt, mein Junge.« Der alte Heideck drehte sich um. Er schien in diesen Minuten zusammengeschrumpft zu sein. Hatte er jemals so viele Falten im Gesicht, dachte Mischa erschrokken. Das ist mir nie aufgefallen. »Aber alle Exportverträge sehen langfristige Zahlungen vor. Die sogenannte Auftragsdecke ist da, aber die Zahlungen kommen erst in ein oder zwei Jahren herein. Die Banken sind bis an die Grenze des Kreditrisikos gegangen, wir kaufen den Stahl auch auf langfristige Wechsel, aber sie sind immer noch kürzer als die Exportzahlungen. Kurz und gut, wir stehen mit sechs Millionen in den roten Zahlen!

Und davon sind vier Millionen allein bei den Rheinischen Stahlwerken ... bei Sandor. Wenn er will, kann er uns den Hahn zudrehen, und er wird es tun, wenn seine einzige Tochter ihn darum bittet. Sandor tut alles, was sein Augapfel Ellen will! Und deshalb ...« der alte Heideck hob hilflos beide Arme, »deshalb *mußt* du Ellen heiraten. Du bist der einzige Erbe unserer Fabrik.«
»Und wenn ich mich trotzdem weigere, Vater?«
»Es wäre die größte Enttäuschung meines Lebens.«
»Ich kann mit Ellen nicht leben! Sie ist launisch, flatterhaft, exzentrisch ... und nicht treu.«
»Mit 120 Millionen im Rücken kann man das alles sein. Vielleicht ändert sie sich in der Ehe.«
»Und wenn nicht, Vater?«
»Dann ist es auch egal, mein Junge. Die Firma ist aber gerettet.«
»Und nach mir fragt keiner? Was ich empfinde?«
»Gefühle sind Luxus, mein Sohn. Wir dürfen keinen Luxus treiben. Du gehörst zu der neuen Generation, der man nachsagt, sie lasse sich nur vom Verstand leiten. Bitte ... jetzt beweise deinen Verstand.«
»Vielleicht bin ich ein Außenseiter?« Mischa schüttelte wild den Kopf. »Nein, Vater, ich kann nicht! Ich liebe Sonja. Ich verkaufe mich nicht, auch nicht für 120 Millionen! Und unsere Generation! Die versteht ihr wirklich nicht! Ja, wir tragen den Verstand vor uns her wie eine Fahne, aber im Inneren, hier im Herzen«, er schlug mit den Fäusten gegen seine Brust, »da sind wir noch genauso romantisch wie unsere Vorfahren. Wir zeigen es bloß nicht, weil es uns zu dumm ist. Aber wenn wir ein Mädchen lieben, dann blühen die Blumen genauso farbig wie bei euch und singen die Vögel ebenso fröhlich und ist der Himmel besonders blau. Ich heirate Sonja!«
»Das ist dein letztes Wort?«
Der alte Heideck sah seinen Sohn fast flehend an. Mischa nickte. Die Qual seines Vaters zerriß sein Herz, aber seine Liebe zu Sonja war plötzlich, gerade in diesen Minuten, so

mächtig geworden, daß es nichts Stärkeres gab. Das Wissen, sie für immer zu verlieren, überdeckte alles andere.
»Ja, Vater.«
»Dann sage es Ellen selbst.«
»Das werde ich tun! Wo ist sie?«
»In ihrem Appartement.«
»Und die Firma wird weiterbestehen!« sagte Mischa dumpf.
»Glaubst du an Wunder, mein Sohn?«
Mischa schwieg. Er sah seinen Vater noch einmal wie um Verzeihung bittend an, wandte sich dann schroff um und lief hinaus. Der alte Heideck legte die Hände auf seinen Rücken und trat wieder an das große Fenster.

Was zwischen Ellen Sandor und Mischa Heideck gesprochen wurde, wußte niemand. Bis Mittag blieb Mischa im Appartement Ellens, und als er herauskam und in seinen Sportwagen sprang, hatte sein Gesicht einen gelösteren Ausdruck als vor seinem Besuch.
Ellen Sandor aber lag oben mit verweinten Augen auf ihrem Bett und rief ihren Vater in Düsseldorf an.
»Paps ...« begann sie und versuchte, ihrer Stimme einen so festen Klang wie immer zu geben, »Paps, du hattest mir doch mal vorgeschlagen, ich könne eine Reise nach Afrika machen. Eine Safari. Ich hätte jetzt Lust dazu. Ja ... ich freue mich ... Ich habe jetzt auch die nötige Zeit. Ja, laß alles bestellen ... Küßchen, Paps ...«
Dann legte sie wieder auf, drehte sich auf die Seite, drückte die Fäuste gegen den Mund und weinte weiter ...

In dem Antiquitätengeschäft Thomas Bruckmann löste das Erscheinen Mischa Heidecks eine Art Panik aus. Sonja, die den Wagen vor dem Fenster halten sah, flüchtete ins Büro und schloß sich hinten im Lager ein. Thomas Bruckmann ließ einen Kunden, der alte Münzen kaufen wollte, stehen und kam Mischa entgegen wie ein Gladiator, der einen Löwen abwehrt.

»Es ist besser, Sie gehen, Mischa«, sagte er, bevor Mischa etwas erklären konnte. »Wir haben eine Nacht hinter uns, ich kann Ihnen sagen! Meine Frau bekommt Hitzewellen, wenn sie nur Ihren Namen hört! Sonja ... na ja, Sie haben ja gesehen! Ich habe versucht, mit ihr vernünftig zu sprechen. Völlig ausgeschlossen. Schuft ist er sanfteste Name, den sie für Sie findet. Das Kind ist völlig durcheinander. Ich habe ja nicht gewußt, daß meine Tochter sich so in Sie verliebt hat. Ich habe sie immer noch als Kind angesehen, und plötzlich erkennt man, daß sie schon ganz erwachsen ist! Für einen Vater ist das eine Umstellung. Was wollen Sie eigentlich hier?«
»Ich möchte mit Sonja sprechen.«
»Sie sagen das, als ob das so selbstverständlich wäre. Es geht nicht.«
»Ich *muß* Sonja sprechen.«
»Lieber Mischa, Sie können nicht mit dem Kopf durch die Wand.«
»In diesem Falle ja.« Mischa Heideck wischte sich über die Stirn. Er schwitzte vor Aufregung. »Ich komme geradewegs von Ellen Sandor. Ich muß eine Erklärung abgeben. Es ist alles klar.«
»Sie haben um ihre Hand angehalten in Düsseldorf ...«
»Das ist eine Lüge! Ich habe Stahl eingekauft. Ellen hat Sonja ganz infam belogen. Das will ich klären.«
»Dann versuchen Sie es.« Thomas Bruckmann seufzte. Vater einer erwachsenen Tochter zu sein, ist schon ein schweres Leben. Wie leicht hat man es bei einem Jungen! Dem haut man eine hinter die Löffel, und alle Differenzen sind geklärt. Aber mit einer Tochter muß man diskutieren und reden, und meistens zieht man dabei den kürzeren. Es gibt einen Augenblick, von dem ab auch ein Vater seine Tochter nicht mehr versteht. Spätestens dann, wenn sie verliebt ist.
»Wo ist sie jetzt?« fragte Mischa und sah sich um.
»Sie ist bei Ihrem Anblick ins Lager geflüchtet. Versuchen Sie, mit ihr zu sprechen, aber brechen Sie nicht die Tür auf.«

Thomas Bruckmann ging zu dem Kunden zurück, der mit einer Lupe Münze nach Münze betrachtete und mit einem dikken Katalog verglich. Münzsammler sind wie Angler, sie haben eine unendliche Geduld. Ich benehme mich wie ein Idiot, dachte Bruckmann böse auf sich selbst. Wäre es besser gewesen, diesen Mischa hinauszuwerfen? Wie muß sich ein Vater benehmen, wenn seine Tochter ihren ersten Liebeskonflikt hat? Irene hat es da einfacher, Mütter sind wie Glucken, die alles angreifen, was sich den Küken nähert. Hätte ich nicht mit ihm sprechen sollen, und zwar ganz klar: Was wollen Sie nun, junger Mann? Statt dessen lasse ich die jungen Leute allein. Bin ich ein Rabenvater?

»Diese Münze hier...« sagte der Kunde. »Römisch. Um 45 vor Christi. Ein sehr schönes Stück.«

Bruckmann nickte abwesend.

Väter in Not sind wie Hampelmänner, dachte er und knirschte mit den Zähnen.

Zum zehntenmal klopfte Mischa Heideck mit der Faust gegen die Lagertür. Nichts rührte sich. Sonja saß auf einem alten Empirestuhl, der neu bezogen werden sollte, hatte die Hände gegen die Ohren gelegt und zitterte.

»Mach auf, Sonja!« sagte Mischa durch die Tür. »Sei nicht so kindisch! Hör mich wenigstens an.«

»Geh!« schrie Sonja zurück. »Geh!«

»Jeder Schwerverbrecher hat das Recht, angehört zu werden. Und ich habe nichts verbrochen.«

»Lügner!« schallte es aus dem Lager. »Lügner! Geh zu deiner Ellen!«

»Daher komme ich gerade.«

»Ah!« Es war wie ein Aufschrei. »Und nun klappert der Pascha seinen Harem ab!«

»Du benimmst dich wie eine dumme Gans!« schrie Mischa zurück.

Der Schlüssel knirschte im Schloß. Die Lagertür sprang auf. Sonja stand dahinter, die langen blonden Haare zerwühlt, mit gerötetem Gesicht und schrecklich wütenden Augen. Sie sah herrlich aus in ihrem Zorn. Einen Augenblick hielt Mischa den Atem an, so wie einem das Herz stockt, wenn man einem Tiger gegenübersteht.

»Du bist das ekelhafteste Wesen, das es auf der Welt gibt!« sagte sie kalt. »Genügt dir das?«

»Vollkommen. Meine Antwort: Ich liebe dich!«

»Jetzt müßte ich dir eine runterhauen!«

»Bitte. Bediene dich!« Mischa streckte den Kopf vor. Sonja wurde unsicher und trat einen Schritt zurück. Das war ein großer Fehler, denn Mischa erkannte seine günstige Lage, sprang vor, trat hinter sich die Tür zu, schloß sie blitzschnell ab und ließ den Schlüssel in seine Tasche gleiten.

Sonja hob die geballten Fäuste. Ihre Augen sprühten Funken.

»Mach auf!« schrie sie. »Mach sofort auf!«

»Ich denke nicht daran.«

»Ich rufe um Hilfe!«

»Bitte ...«

»Einer unserer Angestellten war Amateurboxer.«

»Ich bin in Judo ausgebildet. Das gibt eine schöne Schlacht.« Mischa zog sich einen alten wackeligen Stuhl heran, der noch restauriert wurde und aus dem 17. Jahrhundert stammte, und setzte sich. Sonja wich zu einem Bauernschrank aus Tirol zurück. »Du hörst mich jetzt an«, sagte er. »Und fang nicht wieder an zu singen wie im Wald, das ist blöd! Eine Frage: Hältst du mich für einen Schwachsinnigen?«

»Ja!«

»Warum?«

»Nur ein Schwachsinniger kann Ellen heiraten!« sagte Sonja voll Gift und Galle.

»Das ist deine Version. Ich wollte anders fragen: Wenn ich Ellen heirate, warum war ich dann wohl gestern mit einem Blumenstrauß bei deinen Eltern?!«

»Weil du ein Schuft bist!«

»Verdammt noch mal, nein! Weil ich *dich* liebe!« Mischa Heideck sprang auf. Sonja streckte beide Arme vor.

»Rühr mich nicht an!« zischte sie. »Bleib mir vom Leib!«
»Ich komme gerade von Ellen. Wir haben alles geklärt. Es ist aus zwischen uns.« Mischa ging an Sonja vorbei zum Fenster. Es war vergittert und führte auf einen engen, dumpfen Hof. Einige Kinder spielten mit den Mülltonnen. »Es war eine Aussprache um Kopf und Kragen«, sagte er heiser. »Mein Vater hat heute morgen die Karten auf den Tisch gelegt. Wir stehen bei Sandor mit vier Millionen in der Kreide, unsere alte Firma wäre pleite, wenn Sandor diese Summe kurzfristig forderte. Die Ehe mit Ellen wäre die einzige Rettung gewesen.«
Durch Sonja zog ein eiskalter Hauch. Plötzlich sah sie Mischa ganz anders. Vier Millionen, dachte sie. Pleite. Und er ist der einzige Sohn.
»Und nun ...« sagte sie stockend.
»Ich habe es dir schon gesagt ... es ist aus mit Ellen.«
»Und ... und eure Fabrik?«
»Wir müssen es abwarten.«
»Warum hast du das getan, Mischa?« Sonjas Stimme war ganz klein.
»Herrgott, weil ich dich liebe!« schrie er. Er fuhr herum, und er hatte ein Gesicht, als wolle er weinen. »Vielleicht ist alles falsch, aber ich kann ohne dich nicht sein!«
Sonja sagte kein Wort mehr. Stumm breitete sie die Arme aus, lief auf Mischa zu und warf sich ihm entgegen.
Thomas Bruckmann hatte gerade fünf alte Münzen verkauft, als Sonja und Mischa aus dem Lager kamen. Arm in Arm und mit glücklichen Augen.
Wir Väter sind doch Trottel, dachte er und räumte die Münzkästen zurück in den Schrank. Aber warte, mein lieber Mischa, noch mußt du deine Schwiegermutter Irene erobern!

Am Abend saßen Mischa und Sonja in Sonjas Zimmer und ordneten Negative von Sonjas Fotografien. In vierzehn Tagen war Einsendeschluß des Amateurfotografenclubs, in dem Mischa war. Jedes Jahr fand eine Ausstellung statt.

»Diese vier werde ich vergrößern«, sagte Mischa und hielt die Negative einzeln gegen eine starke Lampe. »Ich glaube bestimmt, daß du eine Plakette bekommst, Liebling. Die Bilder haben Atmosphäre und Stimmung. Ich werde sie so groß vergrößern wie ein Gemälde.«
Sonja nickte. Sie sah nicht ihre Fotos an, sie sah Mischa an.
Wie ich ihn liebe, dachte sie. Ach, keiner weiß, wie mir ums Herz ist. Ich könnte schreien vor Glück.
Mischa steckte die Negative in einen einfachen Umschlag und schob ihn in die Aktentasche.
Das »Millionenbild« war auch darunter.
Wer wußte denn, daß dieses Negativ Leben oder Tod bedeutete?
Ahnungslos nahm es Mischa Heideck mit in sein kleines, fotografisches Privatlabor.

Das schnelle Polizeiboot mit Kommissar Bouchard an Bord fuhr etwa eine Stunde mit voller Kraft in Richtung Mallorca, als der II. Offizier einen Punkt auf den Wellen tanzen sah, dem sich bald ein zweiter Punkt hinzugesellte.
»Wenn mich nicht alles täuscht, schwimmen dort Boote«, sagte er und wies dem Kommissar die Richtung. »Rettungsboote! Das ist merkwürdig! Haben Sie SOS-Funksprüche aufgefangen, Charles?«
Der Funker schüttelte den Kopf. »Nichts, Herr Oberleutnant. Der Funkverkehr ist völlig normal . . .«
»Es *sind* Rettungsboote!« Bouchard schaute durch sein starkes Glas. »Zwei Stück. Und weit und breit kein Schiff!«
Der Kommandant des Polizeikreuzers ließ die Kursänderung durchgeben. In rasender Fahrt näherte sich das schlanke, schnittige Schiff den beiden einsamen Booten, die träge auf den blauen Wellen schaukelten. Die Menschen darin schienen guter Dinge zu sein . . . als sie das rettende Schiff sahen, winkten sie mit Händen und Tüchern.
Bouchard lehnte an der Kommandobrücke und entzifferte mühsam die Buchstaben, die an den Booten standen. Dann

fluchte er ... so laut und mit so gemeinen Worten, daß der Kommandant zusammenzuckte.
»Was haben Sie, Kommissar?« fragte er verblüfft.
»Man hat mich in den Hintern getreten!« schrie Bouchard. »Ja, jedes Boot ein Tritt! Wissen Sie, von wem die Schiffsbrüchigen sind? Von der ›Afrika II‹!«
»Die wir suchen?«
»Ja!«
»Das ist allerdings merkwürdig.«
Bouchard umklammerte die Reling, als die Rettungsboote längsseits kamen und die Matrosen der »Afrika II« lustige Worte herüberriefen. »Ich werde sie ausquetschen wie Zitronen!« knirschte er. »Diesmal entwischt mir Corbet nicht!«
Aber das blieb nur ein frommer Wunsch, denn trotz aller Verhöre, trotz Androhung strengster Strafen, glichen sich die Aussagen wie ein Ei dem anderen: Die »Afrika II«, das stolze Schiff des reichen Roger Corbet, das Gäste von Mallorca holen sollte, hatte plötzlich ein Leck, genau unten am Kiel, das Wasser strömte so schnell in den Leib, daß man die Schotten nicht mehr schließen konnte. Und dann war es passiert.
»Wir sanken innerhalb von zehn Minuten!« sagte der Kapitän der »Afrika II«, ein Grieche mit dem klangvollen Namen Kaganopoulos. »Wir konnten kaum die Boote wassern.«
»Und so ein Leck kommt von ganz allein, nicht wahr?« brüllte Bouchard außer sich. »Bumm, ist es da! Ohne Klippe, ohne Eisberg!«
»Im Mittelmeer sind keine Eisberge, Kommissar«, sagte Kaganopoulos würdevoll. Bouchard schnaubte durch seine Nase wie ein Walroß.
»Aber Gauner! Gauner, die ersäuft werden sollten! Aber ich lasse das Schiff heben! Man kann feststellen, ob ein Leck künstlich hineingeschlagen wurde! Und dann Gnade euch Gott! Dann ist euch das Zuchthaus in Marseille sicher! Ich gebe euch Zeit zum Überlegen! Zehn Minuten! Noch könnt ihr den Kopf aus der Schlinge ziehen!«
Aber auch nach zehn Minuten wußte keiner etwas anderes.

Das Leck war da, und die »Afrika II« war wie ein Stein gesunken. Und mit ihr viele Geheimnisse, die Bouchard sonst entdeckt hätte.
»Gut, ich lasse es heben!« sagte Bouchard erschöpft.
»An dieser Stelle ist das Meer 1200 Meter tief. Die schöne ›Afrika‹ ist platt wie eine Postkarte.« Kaganopoulos sah erschüttert in den Himmel. »Mein herrliches Schiff!«
Als er zu weinen begann, ließ Bouchard ihn unter Deck bringen. Es hatte keinen Zweck, die Gauner hatten gesiegt. Die Spuren waren verwischt.
»Welche Befehle haben Sie, Kommissar?« fragte der Kommandant des Polizeikreuzers. »Sollen wir die Untergangsstelle absuchen?«
»Um Ölflecke zu sammeln? Nein! Zurück nach Cannes!« Er sah den Polizeioffizier aus traurigen Augen an. »Wissen Sie, wie mir jetzt zumute ist?«
»Ich kann es mir denken, Kommissar.«
»Noch schlimmer!« Bouchard winkte ab. »Vielleicht bin ich wirklich pensionsreif und ein alter Esel! Aber eins läßt mir keine Ruhe. Corbet muß einen Mann im Präsidium haben. Woher wußte er, daß ich einen Durchsuchungsbefehl für seine Jacht hatte? Die ganze Aktion wurde verraten, und das macht mich schwach. Ich kann zu keinem meiner Leute mehr Vertrauen haben. Ist das nicht schrecklich?«
In schneller Fahrt näherten sie sich wieder der französischen Küste. Unter Deck sangen die Matrosen der »Afrika II«, und sie hatten allen Grund, fröhlich zu sein.
Jeder von ihnen bekam 500 Francs als Belohnung für die außerplanmäßige Rettungsbootfahrt.

Mr. Zero war sehr zufrieden, als Roger Corbet ihm die Versenkung der Jacht meldete.
»Eine gute Arbeit, Roger«, lobte der große, unbekannte Chef. »Bouchard wird sich die Galle an den Hals ärgern! Es ist zwar billig, Leute zu provozieren, aber rufen Sie Bouchard doch im Laufe des Tages an und melden Sie ihm den Verlust Ihres

Schiffes. Vorsorglich, sagen Sie, falls er den Gedanken gehabt hätte, es zu besichtigen.«
»Abgemacht, Chef. Das wird ein Spaß!« Corbet lachte laut, wurde aber sofort wieder ernst, als die unvermeidliche Frage kam. Mr. Zeros Stimme war wieder kalt.
»Was ist mit Bombani?«
»Aus Hamburg noch immer keine Nachricht.« Corbet schluckte krampfhaft. »Aber er wird etwas tun, Chef. Ich weiß es. Ich kenne Bombani zu gut. Es ist ja nicht so einfach, in einem fremden Land ein fremdes Mädchen ...«
»Reden Sie keinen Blödsinn, Roger! Hätte ich amerikanische Kollegen damit beauftragt, wäre das Mädchen längst bei mir! Ihr Bombani ist eine Flasche! Ich kenne keine Rücksicht, wenn er ohne das Negativ zurückkommt. Das können Sie ihm sagen. Ende.«
Corbet brauchte erst ein paar Kognaks, ehe er sich soweit beruhigt hatte, daß er Bouchard anrufen konnte. Der Kommissar war im Büro. Er verhörte noch einmal die Matrosen.
»Sie Pechvogel«, sagte Bouchard, als sich Corbet meldete.
»Ach, Sie wissen es schon, Kommissar? 1,5 Millionen auf dem Meeresgrund«, Corbet hüstelte. »Und so plötzlich.«
»Das ist wohl wahr!« Bouchard lächelte böse, was Corbet nicht sah. »Woher wissen *Sie* es denn? Ihre Mannschaft habe ich doch zum Trocknen hier.«
»Der letzte Funkspruch, wissen Sie?«
»Ach ja. Wie dumm von mir.« Bouchard machte sich eine Notiz. Ein Funkspruch war nicht aufgefangen worden, das hatte der Funker des Polizeikreuzers deutlich gesagt. »Werden Sie ein neues Schiff kaufen?«
»Ich weiß es noch nicht.«
»Ich würde es Ihnen empfehlen, Corbet. Es ist verdammt anstrengend, mit einem Sack auf dem Rücken quer durch das Mittelmeer nach Tanger zu schwimmen.«
Ohne die Antwort abzuwarten, legte Bouchard auf.
Auch Nadelstiche tun weh, dachte er. Und viele kleine Stiche hintereinander können die besten Nerven mürbe machen.

Kurz vor Geschäftsschluß bekam Sonja einen Anruf.
Die Sekretärin Mischas rief an und bestellte von Herrn Heideck, daß er Fräulein Bruckmann um 20 Uhr am Hafenbekken 9 erwarte. Am Lagerhaus der Fruit-Company. Dort läge am Kai eine Überraschung. Mehr dürfe sie nicht verraten.
»Mischa hat sich bestimmt ein Motorboot gekauft«, sagte Sonja zu ihrem Vater. »Er wollte immer ein neues haben.«
»Und das, wo sie vor der Pleite stehen!« Bruckmann hob die Schultern. »Ich komme bei diesen Geschäftsmethoden nicht mehr mit! Ich bin anscheinend zu verkalkt.«
»Du hast ganz recht, Vater.« Sonja tippte energisch auf die Rechenmaschine. Sie machte den Tagesabschluß der Ladenkasse. »Ich werde mit ihm schimpfen! Bei mir braucht er kein Motorboot, um zu imponieren! Ich heiße nicht Ellen!«
Pünktlich um 20 Uhr war Sonja am Becken 9 beim Schuppen. Die Kaianlagen waren schwach beleuchtet und menschenleer. Im Hafenwasser lagen ein paar Frachter aus Afrika, ein Schlepper, ein paar kleine Flitzer, aber kein schickes, weißes Motorboot. Auch Mischa war noch nicht da. In dem trüben Licht der paar Lampen an den hohen Masten sah diese Gegend trostlos, ja feindlich aus.
Sonja fuhr herum, als sie hinter sich leise Schritte hörte. »Mischa!« wollte sie rufen, aber dann blieb ihr das Wort im Munde stecken.
Nicht Mischa kam vom Schuppen her, sondern Ricardo Bombani.

## 7

So ungewöhnlich und erschreckend sein plötzliches Auftreten in dieser einsamen Hafengegend auch war, das Lächeln und die weltmännischen Manieren Bombanis nahmen Sonja alle Angst. Im Gegenteil, sie atmete auf, daß es kein Fremder war.
»Sie?« fragte sie gedehnt. »Wie kommen denn Sie hierher?

Sind Sie mir nachgefahren? Bitte, gehen Sie, gleich kommt Herr Heideck, und ich möchte nicht, daß es wieder Streit gibt.«

»Madonna mia«, sagte Bombani, nahm Sonjas zitternde Hand und küßte sie galant. »Wenn Sie wüßten, wie sehr ich diese Minuten herbeigesehnt habe!«

Das war keine Lüge. Bombani war ehrlich entflammt. Auftrag und eigene Neigung vermischten sich jetzt bei ihm, so gefährlich es auch war, Mr. Zeros Befehle nur halb zu befolgen. Aber für eine hübsche Frau muß man Opfer bringen können, und wenn Bombani soviel Schönheit sah wie bei Sonja, verdunkelte sich sein Verstand.

»Wenn Herr Heideck jetzt kommt ...« sagte Sonja wieder und sah sich um.

»Er kommt nicht, bella bionda.« Bombani küßte noch einmal Sonjas Hand. Sie waren ganz allein auf der Straße zwischen Schuppen und brackigem Hafenwasser. Die trüben Lampen erhellten kaum ein paar Meter Weg, die Kräne stachen ihre Eisenarme in den Nachthimmel wie betende Gerippe. »*Ich* habe Sie anrufen lassen!«

»*Sie?* Aber ...«

»Ich mußte Sie wiedersehen, ehe ich zurückfahre. Verzeihen Sie mir.« Bombani griff in die Tasche seines Trenchcoats und zog ein Kästchen heraus. Vorsichtig hielt er es Sonja unter die Nase und tat sehr geheimnisvoll. »Und ich wollte Ihnen etwas schenken. Ein kleines Andenken an einen Mann, der Ihr Bild immer in seinem Herzen behalten wird.«

»Das kann ich nicht annehmen.« Sonja blickte neugierig auf das Kästchen. Es war länglich und flach. Ein Armband, dachte sie sofort. So etwas kann ich mir unmöglich schenken lassen. Wie kommt er dazu, mir so wertvolle Geschenke zu machen?

»Die Freude einer schönen Frau macht mich glücklich«, sagte Bombani geschmeidig. Es klang abgedroschen, aber trotzdem schön. Seine Stimme sang es fest, mit jenem italienischen Tonfall, der immer wieder betörte. »Sie dürfen es nicht ablehnen! Bitte, sehen Sie es sich an.«

Er klappte das Kästchen auf, bog den Kopf etwas nach hinten und hielt es Sonja nahe ans Gesicht, als sei sie kurzsichtig.
In dem Etui, das sah sie noch, war nichts als ein weißer Wattebausch, aus dem ein widerlich süßer Geruch aufstieg und sie nach zwei Atemzügen völlig einhüllte. Dann wurde ihr schwindelig, der Himmel und das Hafenbecken drehten sich, sie taumelte, griff um sich und klammerte sich an Bombani fest, der sie mit einem Arm umfaßte und mit der anderen Hand das Kästchen nahe an ihre Nase hielt. Noch zwei weitere Atemzüge, noch einmal diese schwere Süße, eine Erinnerung an das Krankenhaus, vor vier Jahren, Blinddarmoperation, da roch es fast genauso – dann versank die ganze Welt wie in einen Abgrund aus Watte...
Bombani klappte das Kästchen schnell zu, steckte es wieder in seinen Trenchcoat und hielt die bewußtlose Sonja fest. Er sah sich nach allen Seiten um, bückte sich dann, schob sich unter Sonjas schlaffen Körper und trug sie weg.
Im Schatten des Schuppens 9 wartete sein großer, amerikanischer Wagen. Er hatte jetzt eine französische Nummer und das ovale CD-Schild, vor dem alle Zollbeamten und Polizisten zur Untätigkeit verurteilt waren. »Corps diplomatique«, das war ein Zauberwort.
Bombani hob den Kofferraumdeckel und legte Sonja in den riesigen Kofferraum. Sie paßte bequem hinein, ohne krumm zu liegen. Zu den Rücksitzen hin war die Wand des Kofferraumes halb aufgeschnitten worden, so daß genug Luft vom Innenraum des Autos hineinkam. Sorgfältig fesselte Bombani Hände und Füße Sonjas mit Nylonstricken. Er war sogar so galant, die Gelenke erst mit Stoff zu umwickeln, damit die Seile nicht die Haut wund scheuerten. Daraufhin hielt er noch einmal sein Kästchen mit der Ätherwatte Sonja unter die Nase, ließ sie noch ein paarmal tief einatmen und klappte dann zufrieden den Kofferraum zu.
Der erste Teil des Auftrages war erfüllt. Die große Reise in den Süden konnte beginnen. In Cannes wartete der große Boß Mr. Zero auf sie beide. Was dann geschah, ging Bombani

nichts mehr an. Er wagte auch nicht, daran zu denken, um bloß kein Mitleid aufkommen zu lassen.
Langsam lenkte er den großen Wagen durch die Schuppenwege zur Hafenstraße zurück, fuhr an den St.-Pauli-Landungsbrücken vorbei zur Ausfallstraße, die zur Autobahn nach Westen führte und hatte nach einer halben Stunde Hamburg verlassen.
Bevor er auf die Autobahn kam, hielt er noch einmal an einem Rastplatz und sah in den Kofferraum.
Sonja schlief ruhig und fest. Ihr Mund war trotzig, ihre schöne Brust hob sich beim Atmen und drückte sich durch das Kleid. Der Rock war hochgeschoben und gab die langen, schlanken Beine bis zu den Schenkeln frei.
Das Herz Bombanis wurde groß wie ein aufgeblasener Ballon. Er, der Frauenkenner, war überwältigt von so viel junger Schönheit. Er beugte sich vor, küßte Sonja auf die trotzigen Lippen und strich ihr zärtlich die wirren Haare aus der Stirn. Dann kontrollierte er die Fesseln, schob den verrutschten Rock etwas herunter und klappte den Kofferraumdeckel wieder zu.
Ab nach Westen und dann nach Süden.
Über die Autobahn bis Aachen, dann durch Belgien, hinein nach Frankreich, die Rhone hinunter über die alte, schöne Route Napoleon bis zum Mittelmeer und dann die Küstenstraße entlang nach Cannes. Welch eine Fahrt!
Ricardo Bombani setzte sich hinter das Steuer, steckte sich eine Zigarette an und kam nicht davon los, daß hinter ihm das schönste Mädchen im Kofferraum lag, das er je gesehen hatte.
Man muß unterwegs ein paar Pannen haben, dachte er und lächelte vor sich hin. Auch ein Mr. Zero ist machtlos, wenn ein Reifen platzt, ein Vergaser versagt oder der Auspuff wegfliegt. Aber so gewinnt man Stunden oder gar Tage, die man allein mit diesem herrlichen Mädchen ist.
Bombani drehte sich um. Es war alles vorbereitet. Auf den Hintersitzen lagen Decken und Kissen. Die Sitze waren umklappbar, und legte man die Vordersitze zurück, dann gab es eine durchgehende Fläche, auf der man weich und warm schlafen

konnte. Und Wälder und stille Winkel gab es auf dem Weg nach Cannes genug.
Es war genau 21.12 Uhr, als Ricardo Bombani in die Autobahn nach Hannover einbog.
Um diese Zeit sagte Irene Bruckmann zu ihrem Mann: »Wo ist Sonja eigentlich hin?«
»Ich glaube, ins Kino.« Thomas Bruckmann blätterte in einem Versteigerungskatalog mit herrlichen Ikonen.

Kurz vor 24 Uhr wurde Irene Bruckmann unruhig. Sie schlief noch nicht, sondern lag im Bett und las. Sie wartete, bis Sonja nach Hause kam und sich »zurückmeldete«, wie es Thomas Bruckmann nannte.
Bruckmann schlief fest und schnarchte leise. Das Lesen im Bett, das Irene so liebte, störte ihn nicht. In zwanzig Jahren Ehe gewöhnte man sich daran. Außerdem war Bruckmann ein Mensch, der sofort einschlief, wenn er waagrecht lag. Ob im Bett, in einem Liegestuhl, auf der Couch oder auf einer Decke irgendwo im Sand oder auf einer Wiese in den Ferien. »Ich brauche das«, sagte er zu seiner Verteidigung. »Der Umgang mit Altertümern ist ermüdend.« Irene betrachtete das als einen versteckten Angriff auf sich und schwieg dann verbittert.
Als die Uhr Mitternacht schlug, schüttelte Irene ihren Mann wach. Thomas Bruckmann schrak hoch und saß mit großen Kinderaugen im Bett. »Was ist los?« stotterte er.
»Sonja ist noch nicht zurück. Und es ist Mitternacht.«
Bruckmann legte sich wieder zurück. »Sie werden nach dem Kino tanzen gegangen sein«, sagte er und gähnte laut.
»Das ist keine Art!« Irene saß kerzengerade im Bett. »Sonja ist schließlich erst 17 Jahre alt. Vergiß das nicht. Es ist unerhört von diesem Heideck!«
»Es ist das erstemal, Irene.« Bruckmann dehnte sich. Ein warmes Bett gehört zum Schönsten, was das Leben zu bieten hat. »Ich werde Mischa morgen den Kopf waschen.«
»Du bist der gleichgültigste Vater, den ich kenne!« rief Irene

erregt. »Wenn nur *du* schlafen kannst!«
»Ich habe Vertrauen zu Mischa.« Bruckmann gähnte wieder. »Er ist ein anständiger Bursche. Wenn ich dich früher erst um Mitternacht nach Hause brachte, dann war immer ...«
»Bitte, das gehört nicht hierher!« sagte Irene spitz. »Bei der eigenen Tochter ist das etwas anderes ...«
Um ein Uhr morgens weckte Irene ihren Mann noch einmal. Sie saß im Bett und hatte rotgeweinte Augen.
»Noch immer nicht zurück«, schluchzte sie. »Das arme Kind! Ich habe diesem Heideck nie getraut! Mein Gott, wenn ich denke, was dem Kind alles passiert sein kann! Sie ist so unerfahren! Aber das hast du nun davon!«
Thomas Bruckmann wälzte sich aus dem Bett. Er tappte zum Telefon ins Herrenzimmer und rief bei Mischa Heideck an. Es dauerte eine Weile, bis dieser ans Telefon kam. Hinter Bruckmann stand Irene und zitterte vor Aufregung. »Er ist also zu Hause«, flüsterte sie, als sich Mischa meldete. »Und Sonja ist bei ihm! O Gott! O Gott! Das arme Kind.«
Bruckmann machte es kurz. »Hören Sie mal, Mischa«, sagte er betont ernst, »ich habe Verständnis, wenn Ihnen meine Tochter gefällt. Aber ich habe kein Verständnis, wenn ein Kinobesuch bis ein Uhr nachts dauert und bei Ihnen in der Wohnung endet! Sie bringen Sonja jetzt sofort nach Hause und geben mir eine Erklärung ab!«
»Gut!« flüsterte Irene in Bruckmanns Nacken. Zum erstenmal hatte er den richtigen Ton gefunden.
Bruckmann winkte ab. Im Hörer hörte man die Stimme Mischas. Sie sprach schnell und brach dann plötzlich ab. Bruckmann legte langsam den Hörer zurück. Sein Gesicht war wie leergefegt, ausgewaschen von allen Regungen, eine starre Maske.
»Was sagt er?« fragte Irene.
»Sonja ist nicht bei ihm ...«
»Nein!« schrie Irene auf und schwankte.
»Er war heute überhaupt nicht mit ihr zusammen. Er hat sie gar nicht gesehen heute. Von Kino kann gar keine Rede

sein ... er hat bis um 21 Uhr gearbeitet.«
»Thomas ...« stammelte Irene Bruckmann, »Thomas ... was ist mit Sonja geschehen ...?«
Hilflos hob Bruckmann die Schultern. Sein Herz war plötzlich zentnerschwer. »Mischa kommt sofort zu uns«, sagte er heiser. »Ich ... ich rufe die Polizei an ...«
Ohnmächtig fiel Irene Bruckmann auf die Couch, während Thomas die Nummer der Kriminalpolizei drehte.

In Cannes herrschte eitel Freude. Ricardo Bombani hatte angerufen. Aus Hannover. Ganz kurz nur. Eine Vollzugsmeldung. Roger Corbet gab sie sofort an Mr. Zero weiter.
»Er ist unterwegs mit dem Mädchen, Chef!« sagte er fast stolz ins Telefon.
»Sehr gut. Wann kann er hier sein?«
»Wenn alles gutgeht, in zwei Tagen.«
»Das dauert mir zu lange. Sobald er Frankreich betreten hat, holen Sie das Mädchen mit unserem Hubschrauber ab, Roger. Sagen Sie das Bombani. Wir haben schon viel zuviel Zeit verloren.«
»Ich werde es durchgeben, sobald Bombani noch einmal anruft. Ich nehme an, er tut es, wenn er in Belgien ist.«
Aber Bombani rief nicht mehr an. Von Hannover ab schwieg er. Roger Corbet fluchte und raufte sich die Haare. Mr. Zero drohte mit den härtesten Strafen. Es half alles nichts, Ricardo Bombani blieb verschollen.
Auf dem Weg von Hannover bis Cannes waren er, sein Diplomatenwagen und Sonja verlorengegangen.
»So etwas gibt es doch gar nicht!« schrie Mr. Zero in heller Wut auf Roger Corbet ein.
Roger Corbet saß wie zerbrochen in einem Sessel und ließ die Flüche des großen Boß über sich ergehen. Er ahnte etwas, aber er wagte es nicht, Mr. Zero zu sagen.
Bombani, dachte er knirschend. Dieser Frauenheld Bombani! Jetzt fährt er durch Europa zu seinem eigenen Vergnügen. Sich so etwas entgehen zu lassen, ist nicht seine Art. Er hat einfach

den Kopf verloren vor so viel Schönheit in seinem Kofferraum. Und er wird dafür bezahlen müssen, wenn er wieder auftaucht, bezahlen mit seinem Kopf!

Oh, ihr kennt ja alle diesen Mr. Zero nicht!

Die Hamburger Kriminalpolizei stand vor einem großen Rätsel.

Während Irene Bruckmann im Bett lag und der Arzt ihren Nervenschock behandelte, durchsuchten zwei Beamte das Zimmer Sonjas, um vielleicht durch irgendwelche Notizen in Tagebücher oder Briefen Anhaltspunkte zu bekommen. Aber man fand nichts ... nur einige Eintragungen, die sich mit Mischa Heideck beschäftigten. »Ich liebe ihn wahnsinnig«, stand da. »Aber diese Ellen ist ein Aas!«

Mischa Heideck hatte ein Alibi. Er konnte mindestens zwanzig Personen nennen, mit denen er bis 21 Uhr in der Fabrik zusammen gewesen war. Später hatte er mit seinem Vater zu Hause eine Opernaufführung im Fernsehen angesehen und war gegen Mitternacht ins Bett gegangen.

Ellen Sandor war seit gestern in Düsseldorf bei ihrem Vater, um ihre Afrikasafari vorzubereiten.

Und damit waren die Nachforschungen auch schon erschöpft.

»Wir müssen warten«, sagte der Kriminalkommissar zu Thomas Bruckmann. »Etwas anderes können wir nicht. Ihre Tochter ist um um halb acht Uhr abends aus dem Haus, wie Sie sagen ... und von da ab fehlt jede Spur. Hatte Ihre Tochter Verbindung zu Gammlerkreisen?«

»Überhaupt nicht!«

»Es ist in letzter Zeit öfter vorgekommen, daß gerade Töchter aus besten Familien sich aufmachten, dem bürgerlichen Leben, das sie stinklangweilig finden, entfliehen und zu den Gammlern übergehen. Wir greifen sie dann irgendwo in Parks, unter Brükken oder an Autobahn-Anschlußstellen auf, wo sie Anhalter spielen.«

»Unmöglich. Unsere Sonja war ganz anders.« Bruckmann nickte zu Mischa Heideck hinüber, der nervös eine Zigarette

nach der anderen rauchte. »Sie hatte sich mit Herrn Heideck eng befreundet.«
»Ja.« Mischa zerquetschte die eben angerauchte Zigarette zwischen den Fingern. »Wir wollten heiraten.«
»Danke«, sagte Bruckmann giftig, »daß auch ich als Vater das so nebenbei erfahre.«
Der Kriminalkommissar sah auf seine Notizen. Es war recht mager, was er aufgeschrieben hatte. »Nach allem, was wir aus unserer Erfahrung heraus sagen können, glaube ich, daß es sich hier um eine einfache Entführung handelt zwecks Erpressung. Ich nehme an, daß Sie in den nächsten zwölf Stunden einen Brief oder einen Telefonanruf bekommen werden, in dem eine Summe genannt wird. Sie müssen uns sofort benachrichtigen.«
»Einen Dreck werde ich!« rief Thomas Bruckmann in höchster Erregung. »Ich werde jede Summe, die ich auftreiben kann, für meine Tochter bezahlen, wenn ich Sonja nur lebend wiederbekomme ...«
Mischa Heideck starrte vor sich hin. Das Verschwinden Sonjas hatte ihm plötzlich gezeigt, wie sehr er sie liebte. Seine Welt war auf einmal leer. Er kam sich wie auf dem Mond ausgesetzt vor. Ein Leben ohne Sonja? Mit leeren Augen sah er um sich und konnte es nicht begreifen. Aber dann durchzuckte es ihn heiß, und er sprang auf. »Ha!« rief er. »Bombani! Dieser windige Playboy! Hier haben wir des Rätsels Lösung!«
Wie ein Blitz war ihm diese Idee gekommen. Er schilderte den Kriminalbeamten, was er beobachtet hatte, und verschwieg auch nicht, daß er Bombani angegriffen hatte.
»Das werden wir gleich haben«, sagte der Kriminalkommissar mit bitterem Lächeln. »Wissen Sie, wieviel Hotels und Pensionen es in Hamburg gibt? Nein? Sie würden sonst nicht so siegessicher sein. Aber wir kümmern uns darum. Wir werden alle anrufen und kontrollieren, hinunter bis zur kleinsten Klitsche und Kaschemme. Auf der Straße hat er sicher nicht übernachtet.«
Schon eine Viertelstunde später wußte man mehr. Da man bei

den Luxushotels anfing, wurde schon beim fünften Anruf bestätigt: »Jawohl, ein Herr Ricardo Bombani hat bei uns gewohnt. Er ist vorgestern abgereist.«
Vorgestern?
Der Kommissar sah fast beleidigt in die schweigende Runde. Bombani fiel als Täter aus. Wer in einem Luxushotel wohnt und einen Tag vor der Entführung Sonjas abgereist ist, scheidet als Verdächtiger aus.
Wer ahnte denn, daß Bombani eine Nacht in seinem Wagen geschlafen hatte, auf den Liegesitzen, warm unter Decken, in einem Waldstück an der Unterelbe?
»Fehlanzeige«, sagte der Kommissar nüchtern. »Also doch ein Erpresser! Wir müssen auf seine Nachricht warten, das ist unsere einzige Chance.«
Aber es kam keine Nachricht. Weder ein Brief noch ein Anruf. Natürlich nicht, denn Bombani überquerte zu dieser Stunde gerade die belgische Grenze bei Aachen ...

Als Sonja aus ihrer Bewußtlosigkeit erwachte, spürte sie zuerst ein Schwanken um sich herum, dann hörte sie ein Brummen, das wie ein Motor klang. In ihrer Mundhöhle klebte noch der ekelhafte süße Geschmack, ihre Schläfen stachen, Übelkeit überkam sie, sie mußte würgen. Dann erst merkte sie, daß sie an Händen und Füßen gefesselt war und unbeweglich in einem verschlossenen engen Raum lag.
Für einen Augenblick schloß sie wieder die Augen, eine neue Welle von Müdigkeit überfiel sie, aber dann war sie plötzlich ganz klar, riß an ihren Fesseln, zog die Beine an und trat mit voller Wucht gegen ihr Gefängnis. Es gab einen gehörigen Krach, Blech dröhnte und zitterte nach, dann kreischten Bremsen, sie wurde durcheinandergeschüttelt, und ihr Kopf prallte gegen die Wand.
Sie wollte schreien, aber die eklige süße Übelkeit hinderte sie daran. Dafür trat sie noch ein paarmal kräftig aus und stemmte sich gegen die Wände ihres dunklen Gefängnisses.
Ich bin in einem Auto, erkannte sie plötzlich. Ich liege in einem

Kofferraum. Durch einige Ritzen im Hintergrund fiel etwas Licht herein – es waren die Luftschlitze zu den Rücksitzen – und als sich die Augen an die Dunkelheit gewöhnt hatten, konnte sie Einzelheiten unterscheiden.

Der Kofferraumdeckel über ihr. Neben ihr, zwischen Außenwand und Radverkleidung, die Tasche mit den Werkzeugen. Eine Erste-Hilfe-Tasche mit einem Roten Kreuz darauf. Ein zusammengeklapptes Warndreieck. Zwei Lappen, die nach Öl und Benzin stanken.

Das Rollen und Schwanken hörte auf. Der Wagen stand. Bombani war auf die Bremsen getreten, als Sonja den ersten Stoß gegen das Blech tat. Er hatte solch einen Schreck bekommen, daß der Wagen ins Schleudern geriet, weil er zu fest gebremst hatte. Nur mit Mühe hielt Bombani die schwere Limousine in der Spur, fuhr rechts ran und ließ sie an einem Rastplatz, der zu seinem Glück in der Nähe war, ausrollen. Es war früher Morgen, die Autobahn war fast leer. Zwei Lastzüge standen abgestellt auf dem Rastplatz. Die Gardinen waren vor die Fenster der Kabinen gezogen. Die Fahrer schliefen noch. Bombani fuhr so weit nach vorne, daß er sofort wieder starten konnte, und hielt dann an.

Im Kofferraum trat Sonja wieder kräftig gegen das Blech. Bombani zog das Kinn an und überlegte. Gewalt bei einem solch hübschen Mädchen wie Sonja war ihm zuwider, aber wenn sie tobte und schrie, mußte man sie knebeln und härter fesseln. Vielleicht half eine Erklärung der Lage, um sie vernünftig werden zu lassen.

Er schloß den Kofferraum auf und klappte den Deckel gerade so weit hoch, daß er hineinsehen konnte. Sonja starrte ihn böse an. Keinerlei Angst war in ihren Augen, eher eine ohnmächtige Wut.

»Sie!« zischt sie Bombani an. Die frische Luft tat ihr gut. Der widerlich süße Geschmack verflog etwas. Auch die Schläfen stachen nicht mehr so. »Sie! Sind Sie verrückt geworden?! Binden Sie mich sofort los und lassen sie mich raus! Mein Gott! Es ist ja heller Tag! Wie spät ist es denn?«

Bombani sah auf seine goldene Armbanduhr. »Sechs Uhr und vierundzwanzig Minuten, bella bionda«, antwortete er galant.
»Sie sind mit mir die ganze Nacht herumgefahren?«
»Ja. Ich mußte Sie noch zweimal betäuben.«
»Wo sind wir denn jetzt?«
»Auf der Autobahn bei Wuppertal.«
»Ja, sind Sie denn verrückt? Was soll das?« Sonja zerrte an ihren Fesseln. »Ich schreie! Binden Sie mich los!«
»Wenn Sie schreien und Krach machen, muß ich Sie noch härter behandeln.« Bombani setzte sich auf die Stoßstange und klappte den Kofferraumdeckel ganz hoch. »Ich muß Sie bitten, ganz ruhig zu sein.«
»Was haben Sie mit mir vor?« Sonja hob den Kopf. Sie sah Bäume. Einen blauen Morgenhimmel, das Band der Autobahn und einige vorbeihuschende Schemen. In den Büschen war fröhliches Vogelgezwitscher. »Wollen Sie mich entführen?«
»Ja«, erklärte Bombani schlicht.
»Wozu? Glauben Sie, Sie könnten mich damit auch zwingen, Sie zu lieben? Das ist doch dumm!«
»Es wäre traurig, bella, wenn ich zu solchen Mitteln greifen müßte, damit mich eine Frau liebt.« Bombani schien beleidigt über diesen Versuch zu sein. Er war gewohnt, daß ihn die Mädchen anhimmelten, ohne Nachhilfe mit Strick und Knebel. »Ich handle in einem Auftrag. Für eine anständige Bezahlung soll ich Sie nach Cannes bringen. Dort werden Sie erwartet. Sie sehen, ich bin ganz ehrlich zu Ihnen. Ich will Ihnen auch ehrlich sagen, daß aller Lärm sinnlos ist. Ich müßte Sie dann stumm machen, und das täte mir leid. Wieviel schöner wäre es, wenn wir zusammen ganz gemütlich ans Meer reisten. Flüchten ist sinnlos, schreien ist sinnlos, alles ist sinnlos, das sehen Sie doch ein?«
Sonja nickte. Es hatte wirklich keinen Sinn, jetzt zu toben. Niemand hörte sie, keiner sah sie. Bombani brauchte bloß den Kofferraumdeckel wieder fallen zu lassen und den Motor anzulassen, dann würde keiner ahnen, was da im Kofferraum lag. Klüger war es, still zu sein und vorerst alles zu tun, was er ver-

langte. Einmal würde ihre große Chance kommen, vielleicht an der Grenze. Dort konnte er sie nicht mehr verbergen. Es war ihr überhaupt ein Rätsel, wie er sie über die Grenze bringen wollte.

Wenn sie gewußt hätte, daß neben dem Nummernschild aus Paris auch das Zauberschild »CD« am Wagen leuchtete!

»Ich muß also hier im Kofferraum bleiben?« fragte sie. »Gemütlich ist das nicht.«

Bombani zögerte. Treuherzige Blicke aus blauen Augen trafen ihn immer in der Seele. Aber hier konnte Nachgeben größte Gefahr bedeuten. »Wenn Sie mir versprechen, ganz brav zu sein, bella«, sagte er langsam. »Bei der geringsten Fluchtbewegung kenne ich keine Gnade mehr! Ich habe sogar eine Pistole in der Tasche.«

»Das ahne ich.« Sonja setzte sich auf, Bombani half ihr, indem er sie im Rücken stützte. »Übrigens habe ich Durst. Ihr widerlicher Äther, oder was das war . . .«

»Ich schlage vor, wir frühstücken.« Bombani ging nach vorn und kam mit einem Spankorb zurück. Er klappte ihn auf, holte Brettchen und eine Thermosflasche heraus, ein Brot, Butter und Wurst. Sonja hob die gefesselten Hände.

»So kann ich aber nicht essen . . .«

»Ich warne Sie noch einmal, bella.« Bombani band die Handfesseln los und holte aus der Tasche eine kleine Pistole. Er legte sie neben sich auf die Stoßstange und begann dann, das Brot anzuschneiden. Sonja schraubte unterdessen die Thermosflasche auf und goß sich einen Becher voll. Wie der Kaffee duftete, wie herrlich er schmeckte. Noch nie hatte ein Kaffee solch ein köstliches Aroma gehabt.

Sie frühstückten in aller Ruhe eine halbe Stunde lang, als sei es selbstverständlich, daß ein junges Mädchen in einem Kofferraum hockte und ein Mann mit Pistole vor ihm auf der Stoßstange saß. Dann packte Bombani alles wieder in den Korb, trug ihn weg zu den Hintersitzen und winkte lässig mit der rechten Hand.

»Und jetzt wieder hinlegen. Bitte, die Hände her.«

»Muß das sein?« Sonja sah Bombani aus strahlenden Augen an. Ein Blick, der einen Teufel zum Engel macht. »Wenn ich verspreche, ganz brav zu sein . . .«
Bombani schwankte innerlich. Dann nickte er. »Gut! Aber völlige Ruhe.«
»Und muß ich unbedingt im Kofferraum liegen? Ich fahre viel lieber neben Ihnen.«
»Unmöglich!«
Sonja hob die rechte Hand. »Ich schwöre, mich ganz ruhig zu verhalten!«
Bombani seufzte. Das Herz, dachte er. Dieses verfluchte Herz, das bei den Mädchen weich wie Butter wird. Er beugte sich über Sonja, löste ihr die Fußfesseln und half ihr aus dem Kofferraum. Sie sprang auf die Erde, hüpfte etwas, weil die Gelenke steif waren, und setzte sich dann auf den rechten Vordersitz. Bombani sah sie mit blanken Augen an. Welch ein Mädchen, dachte er. Und so etwas muß man zu einem Satan wie Mr. Zero bringen. Wie hart ist doch das Leben!
Mit eingeschaltetem Radio fuhren sie Kilometer um Kilometer. Düsseldorf, Köln, über den Rhein, Aachen.
Noch zehn Kilometer bis zur Grenze, stand auf einem Schild. Die Grenze! Die große Chance!
Bombani fuhr von der Autobahn ab und suchte eine weniger befahrene Straße, die durch einen Wald führte. Dort hielt er.
»Bitte, wieder hinein in den Kofferraum«, befahl er. »Es geht nicht anders. Haben Sie Verständnis, bella, und zwingen Sie mich nicht, grob zu werden.«
Er stieg aus, öffnete die andere Tür und zog Sonja aus dem Wagen.

## 8

Sonja sträubte sich nicht. Welchen Sinn hatte es, sich zu wehren? Ihre große Hoffnung war, daß an der Grenze die Zollbeamten in den Kofferraum sahen. Sie hatte zwar bei allen Reisen mit ihren Eltern immer wieder erlebt, daß bei großem Andrang die Autos nach Kontrolle der Pässe durchfahren konnten, wenn die obligatorische Frage »Haben Sie etwas zu verzollen?« ebenso selbstverständlich mit »Nein!« beantwortet wurde. Nur bei Verdächtigen, die allzu sicher waren, und bei Nervösen machte man Stichproben und ließ sich die Koffer zeigen. Die großen Gauner, das war bekannt, kamen immer durch. Und Bombani war ein großer Gauner.
Sonja legte sich also gehorsam wieder in den großen Kofferraum, hielt die Arme hin, und Bombani band sie wieder zusammen. Auch die Füße fesselte er. Aber diesmal war er vorsichtiger. Er band Hände und Füße zusammen, so daß Sonja gespannt wie ein Bogen lag, sehr unbequem und auf längere Zeit sogar schmerzhaft im Rücken.
»Muß das sein?« fragte sie kläglich.
»Leider, madonna.« Bombani tat es selbst leid, aber Sicherheit kam jetzt vor Galanterie. »Es ist nur ein kurzes Stück. Sobald wir in Belgien sind, binde ich Sie wieder los. Werden Sie schreien?«
»Nein!« beteuerte Sonja. Aber ihre blanken Augen verrieten das Gegenteil. Bombani hob bedauernd die Schultern. Er machte aus einem sauberen Taschentuch einen Knebel und steckte ihn Sonja in den Mund. Aber das war nicht so einfach, denn als er mit der linken Hand ihre zusammengepreßten Zähne öffnen wollte, schnappte sie plötzlich wie ein Hündchen zu und biß ihn in den Finger. »Maledetto!« schrie Bombani und schüttelte seine Hand. »Al diavolo! Warum tun Sie das, bella? Machen Sie mich nicht wütend.« Er riß ihr brutal den Mund auf und schob den Knebel zwischen ihre Zähne. »Bekommen Sie Luft?«
Sonja schüttelte den Kopf. Aber Bombani war kein Anfänger.

Er hielt ihr auch noch die Nase zu, und als Sonja rot im Gesicht wurde und zuckte, gab er sie wieder frei. »Sehen Sie, durch die Nase zu atmen ist gut«, sagte er grinsend »Halten Sie Ricardo nicht für einen Idioten!«
Er tätschelte ihr die Wangen wie einem Kind, lächelte sie mit all seinem verdammten Charme an und warf den Kofferraumdeckel zu.
Wieder umgab sie die fahle, dumpfe Dunkelheit, der Geruch von Öl und Benzin. Dann brummte der Motor wieder auf, das Schunkeln und Schwanken begann, die Räder knirschten über sandigen Boden und sangen dann über Asphalt.
Sonja ergab sich ihrem Schicksal. Bis Cannes ist es noch weit, dachte sie. Bis dahin werde ich ihm das Leben noch schwermachen. Sie lauschte nach draußen, auf die Geräusche, die zu ihr eindrangen. Zum Angsthaben hatte sie gar keine Zeit.
Viel Lärm. Motorengeräusch. Stimmen. Ruckartiges Fahren. Ganz leise Musik. Rufe. Anhalten. Eine verschwommene Stimme am Wagen.
Die Grenze!
Sonja versuchte, sich zu bewegen, gegen das Blech ihres Gefängnisses zu treten, sich bemerkbar zu machen. Es gelang ihr nicht. Krumm lag sie im großen Kofferraum und mußte tatenlos miterleben, wie nach der Paßkontrolle Ricardo Bombani ungehindert weiterfahren konnte. Das CD-Schild an seinem Wagen gab ihm einigen Schutz. Die Zollbeamten in Deutschland und kurz danach in Belgien grüßten ihn korrekt durch Handanlegen an die Mützen.
Für Bombani war diese Fahrt über die Grenze trotz allem eine große Nervenanspannung. Er schwitzte noch, als er endlich auf belgischer Seite war, fuhr schnell weiter, bog dann wieder ab und suchte einen stillen Nebenweg. Es war ein Kiefernwäldchen, es roch herrlich nach Harz und betauter Erde. Zwischen Farnen und wilden Brombeerbüschen hielt Bombani an, rannte um den Wagen herum und riß den Kofferraum auf. Sonja lag unbeweglich auf dem Boden, die Augen geschlossen, kaum noch atmend.

»Madonna!« schrie Bombani auf. Er entfernte sofort den Knebel, knotete die Fesseln auf, legte sein Ohr auf Sonjas Brust und begann dann, ihre Gelenke zu massieren und schließlich ihr Herz. Er fühlte unter seinen Händen, wie schön ihr Körper war, aber in diesem Augenblick hatte er gar keinen Sinn dafür.
Sonja verhielt sich starr und steif. Sie spielte diese Rolle vorzüglich. Bombani ließ sich täuschen und war der Verzweiflung nahe. Er hob Sonja aus dem Kofferraum, trug sie zwischen die Farne und legte sie auf das weiche Farnbett. Dann kniete er neben sie hin und wollte ihr das Kleid aufknöpfen, um eine Herzmassage zu machen.
Das war der Zeitpunkt, wo Sonja erwachen mußte, denn daß Bombani sie entkleidete, war nicht in ihrem Sinne. Sie seufzte, schlug die großen blauen Augen auf, sah erstaunt um sich und seufzte wieder tief.
»Wo bin ich?« fragte sie.
»In Belgien.« Bombani war glücklich. »Bella, welche Sorgen machen Sie mir? Was war geschehen?«
»Ich war ohnmächtig. Mein Gott, ich wäre bald erstickt. Ich kann doch schlecht durch die Nase atmen, ich habe doch einen Schnupfen!«
»Wer kann denn das wissen?« Bombani war ehrlich unglücklich über dieses Mißgeschick, aber fröhlich, die erste Grenze geschafft zu haben. Nach Frankreich ging es leichter hinein, und dann lag der ganze herrliche Weg bis zum Mittelmeer vor ihm, die Rhone hinunter, über die Route Napoleon, durch die Seealpen. Über Grenoble würde man fahren, durch die Nelkenfelder in der Umgebung von Grasse, wo die Luft schwer war vom Duft aus den Parfümeriefabriken, ein süßer Hauch von Lavendel und Nelken. Ricardo Bombani freute sich ehrlich auf diese Fahrt und nahm sich vor, sich so viel Zeit wie möglich zu lassen.
Sonja setzte sich auf und strich sich die langen blonden Haare aus dem Gesicht. »Ich habe schon wieder Hunger«, sagte sie, »und Durst wie ein Salzhering.«
»Sofort, bella!« Bombani rannte zum Wagen und holte seinen

Korb. Zehn Meter war er jetzt von Sonja entfernt ... genügten sie? Waren sie genug Vorsprung?
Sonja sprang auf. Wer nicht wagt, der nicht gewinnt, dachte sie.
Sie nahm allen Mut und alle Kraft zusammen und rannte los. Wie ein gehetztes Wild jagte sie durch den lichten Wald. Wohin, das war ja gleichgültig. Nur weg ... weg ... irgendwo würde man auf eine Straße kommen, auf Menschen treffen, auf Häuser. Nur laufen, laufen, der Freiheit entgegen.
Bombani stieß einen Schrei aus, als er Sonja davonspringen sah. Er warf seinen Korb hin, spannte die Muskeln und schnellte vor. Wie ein Windhund flog er durch den Wald und hatte Sonja in wenigen Minuten nahe vor sich.
»Bleiben Sie stehen!« brüllte er. »Es hat keinen Zweck! Muß ich Sie wieder festbinden?!«
Sonja sah sich im Laufen um. Der erste Fluchtversuch, ein ganz normaler, war gescheitert. Sie sah es ein und hielt an. Bombani konnte nicht so schnell bremsen, er war in vollem Schwung und prallte gegen sie. Sie fielen beide auf den Waldboden, kugelten übereinander, und dann lagen sie wie umschlungen da, und Bombani tat etwas, was er schon immer tun wollte: Er küßte Sonja auf den japsenden, nach Luft ringenden Mund. Sie wehrte sich nicht, ihr Herz schlug wie wild, plötzlich hatte sie gar keine Kraft mehr und war eigentlich froh, nicht noch viele hundert Meter weiterrennen zu müssen.
»Das war dumm, madonna, das war sehr dumm«, keuchte Bombani. »Wo wollten Sie denn hin? Was soll ich nur mit Ihnen tun? Sie haben mir Ihr Ehrenwort gegeben!«
»In Deutschland. Jetzt sind wir in Belgien!« Sonja sah in den Spätsommerhimmel. Große, dicke weiße Wolken zogen träge am blauen Himmel. Es war warm.
»Aha!« Bombani bewunderte die weibliche Logik immer wieder. Sie hat etwas Faszinierendes, weil sie sich auf Unlogik aufbaut. »Dann schwören Sie mir jetzt für Belgien und Frankreich, daß Sie so etwas nie wieder tun.«
»Zunächst für Belgien!« Sonja setzte sich ins Gras. »Über

Frankreich sprechen wir in Frankreich!«
Sie gab Bombani die Hand. Er schüttelte seufzend den Kopf, drückte sie und wischte sich dann übers Gesicht.
»Ich habe es noch bei keinem Mädchen so schwer gehabt wie bei Ihnen!« sagte er. »Wenn Sie nicht so hübsch wären, gäbe es gar keine Probleme. Dann hielte ich Sie dauernd in Betäubung.«
Er half Sonja aufstehen, und wie ein Liebespaar gingen sie zum Wagen zurück.
Wenig später saßen sie im Wagen und verzehrten ihr zweites Frühstück. Es schmeckte ausgezeichnet.

In Hamburg wartete man ungeduldig auf einen Anruf oder eine Nachricht des Erpressers. Mischa Heideck blieb im Hause Bruckmann. Irene lag im Bett und weinte ununterbrochen. Die Beruhigungsspritzen des Arztes halfen wenig. Thomas Bruckmann lief wie ein Tiger im Haus herum, Mischa Heideck hockte auf der Couch und kam sich erbärmlich vor, so tatenlos herumzusitzen und nichts unternehmen zu können. Die Kriminalpolizei hatte Bruckmanns Telefon angezapft.
»Machen Sie doch alles mobil!« hatte er den Kriminalkommissar angeschrieben. »Presse, Rundfunk, Fernsehen. Das ist ja fürchterlich, nur warten zu müssen.«
»Es gibt keinerlei Anhaltspunkte, wer der Täter sein könnte.« Der Kommissar war selbst erschüttert. Erpresserische Entführungen gehören zu den Fällen, bei denen die Polizei immer schlecht aussieht. Erst, wenn sich der Täter meldet, und er muß sich ja melden, weil er Geld haben will, kann man etwas tun.
Aber es meldete sich kein Erpresser. Am Mittag nicht, am Nachmittag nicht. Das Warten wurde zu einer unerträglichen Qual. Siebenmal läutete das Telefon, siebenmal verfiel alles in Alarmstimmung, aber es waren nur geschäftliche Anrufe. Der letzte Anruf war sogar ein Irrtum. »Ist dort die Bimbo-Bar?« fragte jemand.
»Nein!« brüllte Bruckmann verzweifelt. »Hier ist der Weihnachtsmann.«

»Verzeihung«, sagte die fremde Stimme ungerührt. »Dann rufe ich Weihnachten wieder an.«
Am Abend wurden Presse, Rundfunk und Fernsehen benachrichtigt. Bruckmann und Mischa suchten ein paar gute Fotos von Sonja aus, die in alle Welt gefunkt werden sollten. Bild und Beschreibung gingen auch nach Paris, zur Interpolzentrale. Ein häßlicher Verdacht war jetzt aufgetaucht. Sonja war ein ungewöhnlich schönes Mädchen mit goldblonden Haaren. Solche Blondinen wurden im Orient und Nordafrika mit Gold aufgewogen.
»Mädchenhandel?« sagte Mischa leise, als der Kommissar so etwas andeutete. Der Beamte nickte.
»Man muß mit allem rechnen.«
In den Abendnachrichten des Fernsehens erschien zum erstenmal Sonja Bruckmanns Bild. Ganz Deutschland sah ihr hübsches Gesicht. Schon eine Stunde später hatte die Kriminalpolizei neunundvierzig Hinweise. Man hatte Sonja in Braunschweig, München, Saarbrücken, Köln und verstreut über ganz Deutschland gesehen.
»Jetzt geht es los«, stöhnte der Kommisar. »Wir müssen jedem Hinweis nachgehen, *eine* Spur kann ja die richtige sein!«
Nachts um zwei Uhr lief das Funkbild Sonjas von Interpol auch beim Polizeipräsidium in Cannes ein. Der wachhabende Beamte legte es ab zu den Akten und machte einen Vermerk. Routinearbeit. In den Akten »Suchdienst« lagen noch einige hundert andere Fotos. Unmöglich, alle Gesichter zu behalten.
In Hamburg warteten Bruckmann und Mischa noch immer, das Telefon griffbereit vor sich. Irene schlief endlich.
»Ich danke Ihnen, Mischa, daß Sie bei mir bleiben«, sagte Bruckmann gegen Mitternacht. Er hatte fast gar keine Stimme mehr, er weinte fast. Mischa senkte den Kopf.
»Das ist doch selbstverständlich. Nur, daß man gar nichts unternehmen kann . . .«
»Um ehrlich zu sein . . .« Bruckmann stockte. »Wenn die Erpresser eine hohe Summe verlangen, so um 500 000 herum . . . ich habe sie nicht. Das ist das Furchtbarste . . .«

»Ich habe darüber bereits mit Papa gesprochen.« Mischa Heideck legte ein Scheckbuch auf den Tisch. »Er hat mir eine Blankvollmacht gegeben.«
»Das kann ich Ihnen nie danken, Mischa«, sagte Bruckmann tonlos.
»Warum auch?« Mischa lächelte traurig. »Ich liebe doch Sonja über alles.«

Seit der Affäre mit dem verdammten Bild hatte Roger Corbet das Gefühl, auf Schritt und Tritt beobachtet zu werden. Mißtrauisch beobachtete er etwa, wie neben dem Zugang zu seiner weißen Felsenvilla, dort, wo der Parkplatz war und der Fahrstuhl hinauf auf das Plateau führte, eine Kolonne Arbeiter mit zwei Zelten anrückte und völlig sinnlos die Straße aufriß. Hier lag weder ein Kanal noch ein Kabel, noch hatte etwa Frost die Decke zerstört. Sie buddelten einfach Löcher und sangen dabei schmutzige Lieder vom Marseiller Hafen.
Auf dem Felsenweg, der einen anderen, wenn auch gefahrvollen Zugang zu Corbets Villa darstellte, waren auch Arbeiter am Werk. Diesmal kamen sie von der Radiostation Cannes und richteten einen Sendemast auf. »Für den Schiffsfunk«, erklärten sie, als Corbet sie ausfragte. »Damit erreichen wir alle Schiffe auf dem Mittelmeer.«
Corbet glaubte nicht an eine solche Häufung von Zufällen. Er rief wieder Mr. Zero an, aber diesmal nicht über das Telefon, von dem er richtig annahm, daß es angezapft war, sondern über einen kleinen Kurzwellensender in seinem Schlafzimmer.
»Ich bin eingekreist«, funkte er. »Was soll ich tun?«
Die Antwort kam prompt. »Schnauze halten und sich sonnen.« Klick ... die Verbindung war unterbrochen.
Die Radiotechniker auf dem Felsenpfad sahen sich wütend an. »Zu kurz, um anzupeilen!« sagten sie. »Und jetzt wird er stumm wie ein Fisch sein! Von mir aus können wir hier wieder abbauen.«
Die Ruhe dauerte aber nicht lange. Kommissar Bouchard kam zu Besuch. Es war früh am Morgen, Corbet hatte gerade ge-

braust und empfing den Kommissar nackt, nur mit einem kurzen weißen Frottiermantel bekleidet.
»Sie Frühaufsteher!« sagte Corbet strafend. »Keine Ruhe, was?«
»Alte Leute brauchen weniger Schlaf. Außerdem hat nicht nur Morgenstunde Gold im Munde. Auch die Nacht bringt Glück. Sehen Sie mal hier, was da durch die Luft gekommen ist, aus dem fernen Deutschland.« Bouchard warf einen Abzug des Funkbildes Sonjas auf den Tisch. Corbet sah schnell darauf und verzog die Lippen.
»Netter Käfer! Bieten Sie sie mir an für die nächste Party? Kommissar, Kommissar, das ist kein guter Nebenverdienst für Sie!«
»Gehen Sie noch mal unter die kalte Brause, Roger, und dann reden wir weiter.« Bouchard setzte sich unaufgefordert. »Jemand hat Sonja Bruckmann geklaut.«
»Wer es auch ist: Der Junge hat einen guten Geschmack.« Corbet grinste. Unter der Haut aber begann es vor Erregung zu jucken. »Ich war leider seit drei Jahren nicht mehr in Deutschland.«
»Sie kennen das Mädchen auch nicht?«
»Zuviel Ehre, Kommissar!« Corbet kam in eine krampfhafte Fröhlichkeit. »Man kann nicht alle hübschen Weibchen in Europa kennen.«
»Noch weiß ich nichts Genaueres, Roger.« Bouchard klopfte auf das Funkfoto. »Meine Anfrage ist unterwegs. Als ich heute in der Frühe das Bild sah, hatte ich einen Gedankenblitz. Eine verrückte Idee . . .«
»Gratuliere«, sagte Corbet trocken.
»Wenn dieses verschwundene Mädchen vor ein paar Wochen hier an der Riviera war, vielleicht sogar in St. Tropez, wenn es ein nettes Bildchen gemacht hat, das dann prämiiert wurde, jenes Bildchen mit der schönen Jacht und zwei Männern darauf – wenn das alles so schön zusammenkommt, dann, mein lieber Roger, stecken Sie Zahnbürste und Kamm ein. Das ist das einzige, was Sie in die Zelle mitnehmen dürfen.«

»Erst Beweise, Kommissar!« Corbet rieb sich die Nässe mit einem Frottiertuch aus den Haaren. »Sie können mich nicht für seltene Zufälle verantwortlich machen. Im übrigen weiß ich gar nicht, was Sie wollen? Habe ich Sie eigentlich geladen, zu mir zu kommen? Immer hängen Sie hier und nehmen mir die Zeit. Oder ist es dienstlich? Dann bitte nur zusammen mit meinem Anwalt.«
Bouchard verstand. Das war ein eleganter Hinausschmiß. Er erhob sich, ließ das Foto liegen und fuhr mit dem Lift hinunter zu seinem Wagen. Die Straßenarbeiter, Spezialisten vom III. Büro, beachteten ihn nicht.
Oben betrachtete Roger Corbet das Bild Sonjas. Ein süßer Käfer, dachte er. Eigentlich zu schade, daß Mr. Zero sie unter seine Klauen bekommt. Wo, zum Teufel, aber steckte Bombani? Warum gab er keine Nachricht?
Corbet rannte auf die Terrasse und sah übers Meer. Er kam sich wie ein Fuchs vor, vor dessen Höhleneingängen die Hunde lauerten. Von Mr. Zero konnte er keinen Rat mehr bekommen, auf ein zaghaftes Tasten mit dem Kurzwellensender war keine Antwort mehr erfolgt. Nur die Post kam pünktlich. Ein Prospekt war darunter, von einer Schiffsmaklerfirma. Sie bot Motorjachten an.
Corbet verstand den Wink und fuhr, wie es schien, unbewacht, nach Nizza, um sich ein neues Schiff anzusehen.

Was war unterdessen mit Sonja und Bombani geschehen?
Eigentlich nicht viel, wenn man es von Bombanis Standpunkt aus betrachtete. Allerhand, von Sonja aus gesehen.
Nach dem zweiten Frühstück stand Sonja auf und ging in den Wald. Bombani folgte ihr sofort, aber nur zwei Schritte. Empört blieb Sonja stehen und blitzte ihn an.
»Wo ich hingehe, muß ich schon allein hin!« sagte sie laut. »Sie sollten sich schämen, auch da dabeisein zu wollen.«
Bombani wurde rot und kaute an der Unterlippe. Das ist wieder so ein Fall, dachte er. Wie verhält man sich da? Als Gentleman ist das keine Frage, aber als Entführer wird es ein Pro-

blem! Wenn sie nun wieder flüchtet?
„Sie haben geschworen, bella!« sagte er warnend.
»Natürlich! Und ich halte es auch!«
»Wenn ich Verdächtiges höre, schieße ich ins Gebüsch!«
»Was kann ich schon machen?« Sonja hob beide Arme. »Ich hätte nicht gedacht, daß Sie, gerade Sie, bei einem Mädchen . . .«
»Gehen Sie schon!« sagte Bombani ungehalten.
»Sie werden erlauben, daß ich für ein paar Minuten aus Ihrem Blickfeld verschwinde!«
Bombani nickte, lehnte sich gegen den Wagen und starrte mißmutig nach oben in die Wolken.
Sonja ging ein paar Meter in den Wald hinein, dort, wo dichte Büsche waren, kämpfte sich durch die Zweige, bis sie Bombani nicht mehr sah und auch von ihm nicht mehr gesehen wurde.
»Bella?« hörte sie eine Stimme.
»Ja?« rief sie zurück.
»Pfeifen Sie!« schrie er. »Oder singen Sie! Ich muß hören, ob Sie in der Nähe bleiben!«
»Bitte!«
Sonja begann zu pfeifen. Aber dabei arbeitete sie fieberhaft schnell. Sie riß ein Stück von ihrem Taschentuch ab, legte es auf ihren Schenkel und schrieb mit dem Filzschreiber, den sie in der Rocktasche hatte, ein paar Zeilen darauf.
»Verschleppt nach Cannes! In dunkelblauem großem Chevrolet. Mann heißt Bombani. Ruft sofort Polizei. Sonja Bruckmann.«
Dieses Stoffstückchen spießte sie auf einen Zweig und hoffte, daß irgend jemand es einmal finden würde. Ein Pilz- oder Beerensammler, ein Holzfäller, der Förster, ein Waldhüter, ein Jäger, Spaziergänger. Ein Stückchen weißer Stoff an einem Ast fiel jedem auf. Es fragte sich bloß, wann dieses Waldstück von anderen besucht wurde . . .
Während dieser ganzen Arbeit pfiff sie fröhlich, und Bombani war sehr zufrieden. Als sie aus den Büschen wieder auftauchte, holte er seine Zigaretten hervor und bot Sonja eine an.
»Rauchen Sie?«

»Nein.« Sonja sah auf ihre Armbanduhr. »Was nun?«
»Jetzt geht's weiter. Bei Bouillon wechseln wir nach Frankreich über und erreichen Sedan. Und dann nach Süden!«
»Bouillon ... der Name erzeugt Hunger«, sagte Sonja fast fröhlich.
»Wir werden dort auch Mittag essen.«
»Wieder aus Ihrem Wunderkorb?«
»Ja. Aber vorher kaufe ich ein. Mögen Sie Huhn in Aspik?«
»Sehr. Und Pommes frites. Mit Mayonnaise ...«
»Bella, ich tue alles für Sie – wenn Sie nur still sind.«
Bombani winkte in den Wagen. Sie stiegen ein und fuhren weiter. Nach einigen hundert Metern erreichten sie wieder die große Straße. Bombani drückte auf das Gas, der schwere Wagen rauschte über den Asphalt. Sonja stellte das Radio an. Radio Luxemburg. Die fröhliche Funkkantine. Eigentlich ist es ein tolles Erlebnis, dachte sie. In Hamburg wird die Aufregung ungeheuer sein, Mutti wird weinen, Papa fluchen, und Mischa ... Ja, was wird Mischa machen? Was glauben sie wohl alle, was mit mir geschehen ist? Wie kann man ihnen eine Nachricht geben? Nur die zwei Worte: Ich lebe! Das würde schon genügen. Ob jemand das Taschentuch findet?
„Warum werde ich eigentlich entführt?« fragte sie wieder. »Mein Vater hat nicht genug Geld, daß Sie daran gut verdienen könnten! Das ist kein Geschäft, das sage ich Ihnen gleich.«
Bombani schwieg. Erst nach einer ganzen Zeit antwortete er.
»Es geht nicht um Geld. Man will Sie nur etwas fragen.«
»Ach! Und dazu dieser Aufwand? Arbeiten Sie für einen Verrückten?«
Mag sein, dachte Bombani und grinste vor sich hin. Vielleicht ist Mr. Zero verrückt. Aber das ist seine Sache. Er zahlt gut, und ich werde dazu noch viel Vergnügen haben.
Das war es, worauf sich Bombani besonders freute. Er hatte gar nicht die Absicht, Tag und Nacht zu fahren. Wenn es dunkel wurde, sollte seine große Zeit beginnen, die Stunde des Playboys. Romantisch wie in einem Film.
Aber noch war es erst Mittag, und Sonja hatte Hunger.

# 9

Der Übergang über die Grenze nach Frankreich vollzog sich ebenso reibungslos wie der zwischen Deutschland und Belgien. Ein paar Kilometer vor dem Zollhaus hielt Bombani wieder an und nickte nach hinten. Sonja wußte genau, was das bedeutete.
»Muß das sein?« fragte sie. »Wieder in den Kofferraum? Ich habe Ihnen doch mein Ehrenwort gegeben!«
»Sie haben Ihren Paß nicht bei sich, bella.« Bombani stieg aus und zog Sonja auf die Straße. »Ohne einen Ausweis läßt auch der freundlichste Beamte Sie nicht hinüber.«
Seufzend kletterte Sonja wieder in ihr blechernes Gefängnis und streckte sich aus. Als Bombani mit den Stricken kam, wehrte sie sich. »Ich verspreche Ihnen, ganz ruhig zu sein!« rief sie. »Dieses Fesseln ist ja schrecklich.«
»Kein Klopfen, bionda?«
»Nein.«
»Kein Laut?!«
»Ich schwöre es.«
»Gut, dann ohne Fesseln!« Bombani trug die Stricke wieder nach vorn und verstaute sie unter seinem Sitz. »Wir könnten eine so schöne Fahrt haben, wenn Sie ein liebes Mädchen wären«, sagte er, bevor der den Kofferraumdeckel schloß. »Die Fahrt nach Cannes sollten wir genießen, wer weiß, was hinterher kommt?«
Sonja verstand, was Bombani damit meinte. Angst kroch nun in ihr hoch. Was erwartete sie in Cannes? Wer ließ sie entführen? Und warum? Bombani war, obwohl er ein Gangster war, im Grunde ein lieber Mensch, mit dem man reden konnte. Er war höflich, hatte Manieren und wußte, wie man mit hübschen Mädchen umgeht. War das eine Chance für Sonja? War Ricardo Bombani das schwache Glied in der Kette, die sie unsichtbar fesselte? Konnte über Bombani die Freiheit zurückerobert werden? Vielleicht mit ein bißchen geheuchelter Liebe, mit Augenaufschlägen und unverbindlichen Küßchen?
Solche Gedanken wälzte Sonja, als der Wagen wieder anfuhr

und sie im dunklen Kofferraum unter sich die Straße hinwegrauschen hörte. Sie kannte ja nicht die Macht, die hinter Bombani stand. Sie wußte ja nicht, daß Bombanis Leben keine Lira mehr wert war, wenn er Sonja nicht bei Mr. Zero ablieferte. So viel Schönheit gab es gar nicht, daß Bombani für sie sein Leben einsetzen würde.
Die Grenze.
Sonja hörte wieder das Stimmengewirr, die vielen anfahrenden Autos, sie hörte Bombani etwas sagen, dann rollte der Wagen langsam weiter. Ohne Kontrolle, kaum, daß er gehalten hatte. Wie macht er das bloß, dachte sie? Kennt man ihn überall? Hat er einen besonderen Ausweis? Das Zauberschild CD hatte sie noch gar nicht bemerkt. Hätte sie neben Bombani gesessen, wäre sie noch mehr verwundert gewesen: Die belgischen und auch die französischen Paßkontrolleure und Zöllner warfen nur einen Blick auf das weiße ovale Schildchen, hoben dann die Hand grüßend an die Mütze und winkten: Freie Fahrt.
In vollendeter stolzer Haltung, vom Scheitel bis zur neuen Schuhsohle ganz Diplomat, fuhr Bombani über die Grenze. Sein hochmütiges Gesicht tat das übrige.
Nach ungefähr drei Kilometern, nahe vor der kleinen Stadt La Chapelle, hielt Bombani wieder an und befreite Sonja aus dem Kofferraum. Es war ein herrlicher, sonniger Mittag mit wundervollen weißen Wolkenbergen am hellblauen Himmel. Die Landschaft war lieblich, verträumt, wie auf Bildern romantischer Maler. Wie ein Bataillon Soldaten, schön ausgerichtet, standen die Puppen des geschnittenen Korns auf den Feldern.
»Ich habe einen Bärenhunger, Ricardo ...« sagte Sonja und setzte sich auf die hintere Stoßstange. Bombani zuckte zusammen. Seine Augen bekamen einen dunklen Glanz.
»Haben Sie eben Ricardo gesagt, bella bionda?«
»Ja.« Sonja tat ganz unbefangen. »Darf ich nicht?«
»Aber madonna! Sie machen mich glücklich damit! Mein Herz quillt auf! Das Blut klopft mir in den Schläfen! Sagen Sie noch einmal: Ricardo!«
»Ricardo ...« sagte Sonja und legte sehr viel Süße in dieses

Wort. Bombani atmete seufzend aus.
»Wie Sie das sagen! Ich habe meinen Namen noch nie so gehört! Ihre Stimme ist wie ein Streicheln. Oh, ich möchte Sie küssen, bella. Ich möchte Sie in meine Arme reißen!«
Sonja zögerte. Jetzt war es soweit, dies konnte der erste Schritt in die Freiheit sein. Einen Kuß, nun, den konnte er haben.
Mit der ganzen Raffinesse ihrer Schönheit und Jugend warf sie die langen blonden Haare zurück, schloß die Augen und bot ihre roten Lippen dar.
»Sie dürfen ...« sagte sie dabei, und ließ ihre Stimme etwas beben.
Ricardo Bombani kam in einen Rausch. Daß er ein toller Kerl war, wußte er. Die Frauen an der Riviera hatten es ihm oft genug gesagt und auch gezeigt. Sein Ruf als Playboy war schon legendär in den Badeorten längs des Mittelmeeres, aber diese Eroberung rechnete er zu den ganz großen Erlebnissen seines Lebens. Er umfaßte Sonja, drückte sie an sich, fühlte ihren jungen, straffen Körper und verfluchte gleichzeitig diesen Mr. Zero, der ihn vom Liebhaber zum geschlechtslosen Entführer degradiert hatte. Dann küßte er Sonjas feuchte, kalte Lippen, zerwühlte mit den Händen dabei ihre blonden Haare und hatte das Gefühl, gesponnene Seide zu streicheln.
Er erwachte wie aus einem herrlichen Traum, als sich Sonja von ihm löste, ihn wegstieß und nüchtern sagte: »Genug jetzt! Ich habe ganz vergessen, daß Sie mein Feind sind.«
»Dein Feind? Bella!« Bombani schrie fast auf. »Ich verglühe, wenn ich dich ansehe.«
»Und bringst mich nach Cannes zu einem Ungeheuer.«
»Mein Leben hängt daran!«
»Und meines auch.« Sie ging mit wiegenden Hüften um den Wagen herum, und Bombani lief ihr nach wie ein Hündchen, das einen Knochen bekommen soll. »Ich bin dafür, daß wir die Richtung ändern und wieder nach Norden fahren.«
»Unmöglich, bella bionda!« Bombani raufte sich die Haare. Der Konflikt zwischen Herz und Pflicht war ausgebrochen und zerriß ihn fast. »Noch einen Kuß«, bettelte er. »Nur noch

einen.«
Sonja blieb stehen. Sie ließ Bombani herankommen, und als er ganz nahe war, warf sie die Arme um seinen Nacken, hing sich an ihn und küßte ihn wild auf den Mund. Ebenso plötzlich ließ sie ihn wieder los und trat zwei Schritte zurück. Kühl musterte sie ihn, mit einem Lächeln in den Mundwinkeln.
Bombani war überwältigt, und sein italienisches Blut kochte. Mr. Zero kannte keine Gnade. Und Liebe war schon gar keine Entschuldigung bei ihm.
»Ich werde an dieser Liebe zugrunde gehen«, stöhnte Bombani. »Was sollen wir tun, madonna?«
»Zunächst essen. Ich habe Hunger.« Sonja setzte sich in den Wagen. »Du hast versprochen, daß wir in Bouillon zu Mittag essen.«
Bombani seufzte wieder tief. Der Alltag kam wieder nach einigen Minuten Seligkeit und Paradies. »Du bestehst auf Pommes frites?« fragte er, als er neben Sonja saß und anfuhr.
»Ja! Und ich nehme an, du bist Kavalier genug, mir diese zu besorgen.«

La Chapelle ist eine kleine Landstadt mit einem typischen Marktplatz und einigen Restaurants, wie man sie überall in Frankreich findet. Ein oder zwei große Fenster, darüber eine Markise mit dem Namen, etwa Coque d'Or, unter der Markise ein paar runde Tische und Stühle, ein Kellner mit einer langen weißen Schürze, hinter der Theke der Patron, den man bei uns »Herr Wirt« nennt – und für ein paar Francs kann man hier essen wie ein Fürst.
Bombani hielt allerdings nichts davon, gemütlich in einem solchen Restaurant zu essen. Er hielt mitten auf dem Marktplatz, nahm seinen Korb vom Hintersitz und stieg aus.
»Ich vertraue dir«, sagte er zu Sonja, die sich neugierig umsah. Um diese Mittagszeit war der Markt fast leer. Unter den Markisen saßen die Franzosen und genossen ihr Essen, tranken Rotwein und lobten still den Segen einer guten Küche.

»Warum gehen wir nicht in eines der Lokale, Ricardo?« Sie umgab den Namen wieder mit Süße und sah Bombani aus ihren großen blauen Augen wie ein Püppchen an. Bombani wurde weich und stellte den Korb in den Wagen zurück.
»Wenn ich wüßte ...« sagte er zögernd.
»Ich verhalte mich ganz brav.«
»Dann komm!« Er faßte Sonja unter, und sie gingen über den sonnigen Marktplatz und setzen sich an einen freien runden Tisch des Restaurants »Chez Pierre«. Der Kellner kam sofort, wedelte mit der Serviette über die Tischplatte und legte die Speisekarte vor. Bombani bestellte als Vorspeise für jeden sechs Austern, dann gefüllte Artischocken, umgeben von einer Sahnesoße, die mit Kognak abgeschmeckt war, und zum Nachtisch geeiste Früchte mit Sahne. Dazu tranken sie eine halbe Flasche Rotwein, der dunkel wie ein Rubin schimmerte. Auch die ersehnten Pommes frites kamen, und sie aßen stumm und mit riesigem Appetit.
»Ist das ein Leben!« sagte Bombani, als er fertig war. Er strahlte Sonja an, und in diesen Minuten sah er wirklich sympathisch aus. Vielleicht aber sah Sonja auch die Welt jetzt anders, weil sie so wohlig satt war. »Jetzt müßte man sich hinlegen und eine Stunde schlafen.«
»Aha!« sagte Sonja.
»Arm in Arm, auf einem großen Bett, bekleidet von der Sonne ...« Bombani reckte sich genüßlich, als läge er schon auf seinem Traumbett. Sonja winkte ab.
»Statt dessen werden wir fahren, über staubige Landstraßen.«
»Ist das nicht schrecklich, Liebling?«
»Ich habe das nicht verlangt. Es kann ja anders sein.«
»Sprechen wir nicht mehr darüber.« Bombani erhob sich und ging in das Restaurant, um bei dem Patron zu bezahlen. Das war die Gelegenheit, auf die Sonja gewartet hatte.
Sie faltete die Serviette auseinander, nahm ihren Filzschreiber und schrieb schnell ein paar Zeilen auf den weißen Stoff:
»Bitte, rufen Sie Hamburg 31 62 818 an und sagen Sie meinem Vater, daß es mir gutgeht. Er soll mich in Cannes suchen. Ich

heiße Sonja.
Hastig faltete sie die Serviette zusammen und legte sie auf ihren abgegessenen Teller. Bombani kam zurück. Er glänzte vor Freude. Er hatte noch eine Flasche Rotwein gekauft, Schinken, Salami, eine der langen, französischen Weißbrotstangen und einen Block Käse. Außerdem hatte er an der Theke noch einen Kognak getrunken, um das Feuer in sich noch mehr anzufachen. Sie fuhren ja dem Abend entgegen, und wenn Bombani an die Nacht dachte, bekam er ein Kribbeln von den Zehenspitzen bis zu den Haarwurzeln.
»Alles okay?« fragte Sonja und stand auf.
»Alles, bella bionda! Ich habe mir überlegt, daß man nach Cannes auf verschiedenen Straßen kommen kann. Die direkte Strecke geht durch das Rhonetal, man kann aber auch Bögen fahren. Und wir fahren Bögen, mein Liebling. Mich können sämtliche Teufel nicht mehr davon abhalten.«
Im Auto sitzend, sah Sonja, wie der Kellner ihr Geschirr abräumte und ins Haus trug. Jetzt müssen sie gleich die Serviettenbotschaft lesen! Entweder kommen sie dem Wagen nachgelaufen, oder sie alarmieren die Polizei, oder sie rufen gleich in Hamburg an, und Vati weiß, wo ich bin.
Aber nichts geschah. Bombani fuhr an, und in wenigen Minuten hatten sie das Städtchen La Chapelle verlassen. Die Straße nach Sedan lag vor ihnen.
Im Restaurant »Chez Pierre« wurde die beschriebene Serviette eingehend betrachtet. Der Patron und der Kellner schüttelten den Kopf.
»Es ist deutsch!« sagte der Patron. »Kannst du Deutsch, Louis?«
»Nein.«
»Du warst doch in deutscher Kriegsgefangenschaft!«
»Vor 30 Jahren! Behalten habe ich nur: ›Sauerkraut ... isch maken Liiiebe ... Blödes Hund ...‹ Das aber steht hier nicht.«
Sie sahen die Serviette noch einmal genau an und waren sich nicht einig, ob man sie zur schmutzigen Wäsche werfen oder einem zeigen sollte, der Deutsch konnte.
»Vielleicht ist es nur die Route, die sie fahren«, sagte der Pa-

tron. »Schmieren immer alles voll, die Touristen. Merde! Das werden wir bald haben.« Er faltete die Serviette wieder zusammen und steckte sie wie ein Taschentuch in seine Hose. »Ich gehe nachher zum Lehrer Polniac. Der kann Deutsch. Er wird es mir übersetzen ...«
Aber der Lehrer Polniac war verreist zu einer kranken Schwester und kam erst am nächsten Tag zurück nach La Chapelle. Noch einmal hatte Bombani 24 Stunden Vorsprung.

Thomas Bruckmann und Mischa Heideck hatten die Hoffnung noch nicht aufgegeben, doch etwas von Sonja zu hören. Während Irene Bruckmann nicht mehr glauben wollte, daß Sonja noch lebte, und sie weinend und mit Herzkrämpfen von einer Krankenschwester betreut wurde, die der Hausarzt sofort zur Pflege besorgt hatte, arbeiteten sich die Beamten der Sonderkommission durch einen Berg von Hinweisen der Bevölkerung, die nach dem Fernsehbild Sonjas an der Suche mithalfen. Wie geahnt, waren alle Hinweise falsch, nur eine Meldung wurde kritisch betrachtet: Ein Milchhändler aus Belgien hatte angerufen und ausgesagt, er habe in einem großen amerikanischen Wagen ein blondes Mädchen gesehen, das diese Sonja Bruckmann sein konnte. Es war auf der Straße zwischen Champlos und St. Hubert in Belgien. Der Wagen sei an seinem Milchauto wie ein Verrückter vorbeigesaust. Am Steuer sei ein Mann gesessen, den er wegen der Schnelligkeit des Autos nicht erkennen hätte können. Nur die am offenen Fenster wehenden blonden Haare der Mademoiselle seien ihm aufgefallen.
Der Leiter der Sonderkommission rief sofort Thomas Bruckmann an. »Unmöglich«, sagte Bruckmann etwas konsterniert, daß man seiner Tochter so etwas zutraute. »Meine Sonja ist keine Gammlerin, die mit fremden Männern heimlich durchbrennt! *Diese* Spur ist auf jeden Fall falsch!«
Und so wurde die Anzeige Nr. 48, wie alle anderen, abgelegt mit der Bemerkung: falsch.
Gegen Abend klingelte das Telefon im Hause Bruckmann. Mischa nahm den Hörer ab, er wich in diesen Stunden nicht einen

Schritt von der Seite Bruckmanns. Eine fremde Männerstimme meldete sich. In der Abhörzentrale des Fernmeldeamtes wurde in diesen Augenblicken fieberhaft gearbeitet. Wo kam der Anruf her? War es ein Privatanschluß, war es fast unmöglich, den Anrufer festzustellen. Rief er aber von einer Fernsprechzelle an, so konnte man den Standort bestimmen. Für diese Zellen gab es besondere, gekennzeichnete Relais.
Zum erstenmal in diesem rätselhaften Fall hatte die Polizei Glück. Der Fremde stand in einem Telefonhäuschen in St. Pauli, gar nicht weit von der Davidswache entfernt.
»Das muß ein Vollidiot sein!« sagte der Kommissar. »Oder er denkt: Unter den Augen der Polizei bin ich am sichersten. Na warte, Bürschchen!«
»Ja, ich gebe Ihnen Herrn Bruckmann«, sagte Mischa heiser vor Aufregung. Er reichte den Hörer an Bruckmann und legte das Ohr an die andere Seite, um mitzuhören.
Der Erpresser! Nachricht von Sonja! Sie lebte! O Gott, sie lebte ...
»Bruckmann.« Thomas Bruckmann mußte sich setzen. Seine Knie wurden ihm weich. »Was wollen Sie?«
»Ihrer Tochter geht es gut«, sagte die Stimme. »Wenn Sie 50 000 DM zahlen, geht's ihr noch besser, denn dann darf sie nach Hause! Wie ist es damit?«
»Ich zahle«, sagte Bruckmann dumpf. »Wo wollen Sie das Geld hinhaben? Wo kann ich Sonja abholen? Wann soll das sein?«
»Heute nacht um ein Uhr, pünktlich. An den St.-Pauli-Landungsbrücken, am Turm, wird Ihnen ein Betrunkener entgegenkommen. Er wird Sie anrempeln. Dem geben Sie das Moos! Aber keine Tricks, Männeken, sonst ist Ihre Sonja eine Wasserleiche. Erst, wenn wir die Scheinchen gezählt haben, können Sie Ihre Tochter abholen. Sie kommt Ihnen eine Stunde später auf der Reeperbahn entgegen. Klar?«
»Alles klar.« Bruckmann schluckte. »Aber welche Garantie geben Sie mir, daß alles stimmt?«
»Mann, mein Ehrenwort! Ein Ganovenehrenwort ist was wert! Aber wenn Sie's nicht glauben ... dann gute Nacht, Emma!«

Der Mann hängte ein. Erschöpft, zitternd lehnte sich Bruckmann zurück. »Was soll ich tun, Mischa?« fragte er leise. »50 000 Mark und keine Garantie! Aber wenn er Sonja gefangenhält . . .«
Die Frage wurde schnell gelöst.
Als der Anrufer die Fernsprechzelle verließ, nahmen ihn zwei wuchtige Polizisten der Davidswache in Empfang. Erstaunt sahen sie den schmächtigen Kerl an.
»Der Hosenträger-Maxe! Seit wann machst du auf Menschenraub?« Handschellen knackten um die Handgelenke. Hosenträger-Maxe zog ein weinerliches Gesicht.
»Das war nur 'n Scherz, Kameraden!« rief er. »Ich habe nichts damit zu tun! Ich hab nur in der Zeitung gelesen und im Radio gehört . . . Da habe ich mir gedacht, wenn man da risikolos abstauben könnte . . . Ich schwöre, ich habe keine Ahnung, wo diese dämliche Sonja steckt!«
Vier Stunden lang wurde Hosenträger-Maxe von der Sonderkommission verhört. Dann wußte man, daß er wirklich mit der Entführung nichts zu tun hatte. Aber die versuchte Erpressung genügte auch schon. Vor den nächsten zwei Jahren würde Hosenträger-Maxe die Reeperbahn nicht wiedersehen.
Man war nun wieder so weit wie am Anfang. Keine Spur war richtig, der wahre Erpresser hatte sich noch nicht gemeldet. Die Haupttätigkeit der Polizei war nun wieder Warten.
Eine Anfrage aus Cannes, von einem Kommissar Bouchard, wurde routinemäßig beantwortet: Ja, Sonja Bruckmann war in den Sommerferien vier Wochen an der Riviera. Ja, auch in Cannes und St. Tropez. Ob sie einen Fotopreis gewonnen hatte? Man fragte bei Bruckmann zurück. Ja, sie hatte einen gewonnen. Für ein Strandbild.
»Sorgen haben die in Cannes«, sagte der Kommissar der Sonderkommission. »Man sollte Kommissar an der Riviera sein!«
Das war ein Wunsch, den Bouchard nie geteilt hätte, denn als die Nachricht aus Deutschland bei ihm eintraf, wußte er, daß er nun mitten in einem Fall saß, der der größte seiner Laufbahn sein würde.

Roger Corbet hatte eine neue Jacht gekauft. Ein herrliches, weißes Schiff, seetüchtig, sogar mit Radar ausgerüstet, mit einer vollkommen eingerichteten Funkstation. Das war wichtig, denn Mr. Zero verkehrte ab sofort nur noch über Kurzwellensender. Die Telefone seiner Freunde wurden überwacht. Woher er das wußte, blieb ein Rätsel, genauso, wie sein wahrer Name unbekannt war. Nur Corbet wußte, daß Mr. Zero zur großen internationalen Gesellschaft gehörte, daß er die Feste in Monte Carlo besuchte, in den vornehmsten Privat-Clubs verkehrte und sich durch einige wohltätige Stiftungen sehr beliebt gemacht hatte. Woher sein Reichtum kam, danach fragte in diesen Kreisen keiner. Er *war* reich, das genügte.

Das erste, was Corbet auf seinem neuen Schiff mit Beschlag belegte, war die Funkkabine. Er schloß sich ein und stellte den Empfänger auf die Frequenz von Mr. Zero. Und schon hämmerten die Morsezeichen in seinem Kopfhörer, als habe Mr. Zero schon auf den Ruf: »Empfangsbereit« gewartet.

»Bombani ist noch nicht eingetroffen«, funkte Mr. Zero. »Wenn das Orientgeschäft platzt, ist es Ihre Schuld! Sie wissen, was das bedeutet?«

Corbet wußte es. Er stellte den Sender ab und legte die Stirn auf die kalte Tischplatte. Er hatte eine hündische Angst. Er war dem Heulen nahe.

Wo blieb nur Bombani? Er mußte längst in Cannes sein! Man braucht doch von Hamburg bis zum Mittelmeer nicht ein paar Tage. Tag und Nacht sollte er fahren, dieser elende Kerl!

Corbet verließ mit hängendem Kopf sein neues, schönes Schiff. Er hoffte auf die Nacht. Es war der letzte Termin! Wenn Bombani bis zum nächsten Morgen nicht in Cannes war, wußte er nicht mehr, was er Mr. Zero erklären sollte.

Corbet schrak auf, als sich eine Hand mit hartem Griff auf seine Schultern legte. Dann lächelte er schief.

»Schon wieder Sie, Kommissar? Bin ich ein Magnet? Sie kleben förmlich an mir.«

Bouchard lachte jungenhaft. »Ein schöner Kahn«, sagte er und nickte zu der Jacht. »Ganz modern.«
»Was wollen Sie?« fragte Corbet grob.
»Ihnen ein Ei ins Nest legen, Corbet.« Bouchards Augen funkelten vor Freude. »Ich habe Nachricht aus Deutschland: Die plötzlich verschwundene Sonja ist das gleiche Mädchen, das in St. Tropez ein Preis für ein Foto bekommen hat.«
»Na und?«
»Auf dem Foto waren Sie, wie bekannt.«
»Mich haben schon viele fotografiert.«
»Und ein Mann war drauf, der mich besonders interessiert.« Bouchard genoß den bösen Blick Corbets. »Ich weiß, ich weiß, man kann Ihnen nichts nachweisen. Nicht den Diebstahl des Bildes, nicht die Verprügelung des armen Zambatti, nicht die verblüffende Taubheit aller Ihrer Freunde. Ich glaube, es geht Ihnen um das Negativ, nicht wahr?«
»Glauben Sie, was sie wollen!« Corbet schob Bouchard zur Seite. »Ich weiß überhaupt nicht, wovon Sie sprechen.«
»Von einem Mädchen, das samt Bildnegativ jetzt auf der Fahrt nach Cannes ist.« Bouchard hielt Corbet am Ärmel der Jacke fest. »Corbet, hören Sie genau zu: Sie stehen mit einem Bein im Zuchthaus!«
Roger Corbet gab keine Antwort. Er riß sich los und ging schnell zu seinem am Hafenkai wartenden Wagen.
Wenn man Bombani bloß benachrichtigen könnte, dachte er. Er muß umdirigiert werden! Er muß nach Marseille!
Zur Hölle mit ihm! Wo steckt er bloß?

Corbet und Mr. Zero hätten sich die Haare gerauft, wenn sie gesehen hätten, wo Bombani jetzt war.
Als es Abend wurde, hatte er die Reise unterbrochen und war von der großen Straße abgefahren in einen Wald. Es war nördlich von Dijon, in der zauberhaften Côte d'Or, wo ein Wein wächst, der Kenner die Zunge schnalzen läßt. Hier wächst an den Hängen der Chablis, hier reift in den großen Fässern der

berühmte Burgunder. Ein Fleckchen Erde, von Gott besonders gesegnet.
Bombani war in Hochstimmung. Die Nacht kam, die Nacht mit Sonja, die Nacht auf den Liegesitzen.
Wie zu einer Hochzeitsfeier deckte er den Tisch auf dem weichen, vom Sonnentag noch warmen Waldboden. Dann klappte er die Liegesitze herunter und entkorkte die Flasche Rotwein aus La Chapelle.
Nachdenklich sah ihm Sonja zu. Wie komme ich aus dieser Situation heil wieder heraus, dachte sie nur noch. Sie war sich klar darüber, daß sie einen sehr kritischen Punkt ihrer Reise erreicht hatte.

## *10*

»Ist das Leben nicht herrlich?« fragte Ricardo Bombani und breitete die Arme aus. Der Himmel überzog sich mit rotgeränderten Wolken, die langsam, wie im Theater, golden und dann lilarot wurden. Eine herrliche Abendstimmung breitete sich über das gesegnete Weinland aus. Sonja war es, als röche sie die Trauben, wenn der Wind von den Weingärten herüber in den Wald wehte. »Bitte, Platz zu nehmen, bella, das Souper kann beginnen.«
Sonja ließ sich auf der ausgebreiteten Decke nieder, während Bombani Brot schnitt, die Wurst entpellte und den wundervoll tiefroten Wein in simple Becher aus Plastik goß.
»Ich liebe Sie!« sagte Bombani plötzlich. Sonja schrak auf. Jetzt kommt es, dachte sie. Jetzt werde ich mich gleich wehren müssen.
Aber Bombani blieb vorerst bei den Worten. Er prostete Sonja zu und trank erst einmal seinen Becher leer. »Sie sind feurig wie der Wein!« sagte er darauf. Sonja legte den Kopf etwas schief.
»Wie können Sie das beurteilen, Ricardo?«

»Ich habe gesehen, wie Sie wütend sind. Als Sie diesen Hamburger Lümmel wegjagten – es war ein Genuß, das zu sehen. Diese wilden Augen, dieser vor Temperament zitternde Körper! Wie feurig müssen Sie erst in den Armen eines richtigen Mannes sein!«

»Und dieser Mann sind Sie, nicht wahr?«

»Ich hoffe es.« Bombani beugte sich vor. Aber diese Annäherung war begrenzt, denn zwischen ihnen lagen Brot, Butter und Wurst. Einige Waldameisen krochen über die Decke, Bombani schnippte sie mit den Fingern weg. »Im übrigen verstecken Sie sich.«

»Ich? Wieso?«

»Ich weiß, ich fühle es, daß Sie mich gern mögen.«

»Unsympathisch sind Sie nicht.« Sonja mußte lachen. »Aber bis zur Liebe ist da noch ein weiter Weg.« Plötzlich wurde sie wieder ernst und setzte sich kerzengerade hin. »Mir kommt da ein böser Verdacht, Ricardo! Seien Sie ehrlich: Das mit dem Auftrag aus Cannes, mich zu entführen, ist eine Lüge, nicht wahr? *Sie* haben mich aus Hamburg entführt, weil Sie glauben, mich einmal – wie man so sagt – ›erobern‹ zu können. Sie haben gedacht: Na, fahr mit ihr mal durch Europa, vielleicht gewöhnt sie sich an dich, und wir werden ein schönes Liebespaar! Ist es so, Ricardo?«

»Wenn Sie Ricardo sagen, bin ich bereit, alles zu gestehen.« Bombani seufzte tief. »Aber leider ist es nicht so. Ich *muß* Sie nach Cannes bringen.«

»Zu wem?«

»Das darf ich Ihnen nicht sagen, bella.«

»Ach!« Sonja warf ihr angebissenes Brot hin und schüttete ihn gespielter Wut ihren Becher Wein ins Gras. »Sie entführen mich, Sie haben Geheimnisse vor mir, Sie tun alles nur als Handlanger eines Verrückten, und dann hoffen Sie, daß ich Sie lieben könnte? Ja, sind Sie dann auch total verrückt?«

Sie sprang auf und schüttelte ihre langen blonden Haare. Das ist die Gelegenheit, dachte sie, während sie mit den Füßen auf-

stampfte. Damit halte ich ihn mir vom Leibe! Der Konflikt wird ihn mehr beschäftigen als die Liebe.
Bombani starrte sie bewundernd an. Er liebte Temperament, auch wenn es jetzt gegen ihn war. Welch ein Mädchen, dachte er wieder. Sie zu erobern ist selbst die Lebensgefahr wert, in die ich bei Mr. Zero komme.
»Ich gehe jetzt schlafen!« sagte Sonja und nahm ihre Decke vom Waldboden. »Und ich schließe mich im Wagen ein.«
»Bella bionda!« Bombani sprang auf. »Sie wollen mich im Freien schlafen lassen?!«
»Natürlich.«
»In der Nachtkälte.«
»Es ist noch Sommer und nicht kalt.«
»Ich bin ein anfälliger Mensch. Ich bekomme schnell einen Schnupfen! Stellen Sie sich den Anblick vor, wenn ich vor Ihnen stehen mit tropfender Nase ...«
Sonja mußte lachen, so ernst die Situation auch war. Bombani war ein Gauner, ein Verbrecher, ein Lügner, ein Lump, aber er war auch von allen Gaunern sicherlich der charmanteste. Wenn er so dastand wie jetzt, mit großen, schwarzen Kulleraugen, konnte man ihm nichts übelnehmen. Im Gegenteil, er reizte dazu, daß man ihn streichelte und tröstete.
»Wenn Sie mir nicht sagen, wer mich in Cannes unbedingt sehen will ...« sagte Sonja mitleidlos. Bombanis Gesicht zerknitterte wie Papier.
»Das Leben ist so schön und kurz, und man hat es nur einmal«, sagte er weise.
Sonja verstand. Eine unbestimmte Angst überfiel sie wieder. Wer wartete da in Cannes auf sie? Was wollte der Unbekannte? Und sie wußte plötzlich auch eins: Solange sie mit Bombani allein war, geschah ihr nichts. In Cannes aber würden sie Schrecken erwarten.
Was sollte sie also tun?
Zunächst eins: Bombani bei guter Laune halten. Und so lange wie möglich die Reise nach Cannes verzögern. Vielleicht – das war die große Hoffnung – löste sich alles von selbst auf wie

eine Seifenblase.
»Dann kommen Sie«, sagte sie und breitete ihre Decke über die rechten Sitze aus, die nun, mit zurückgeklappter Rückenlehne des Vordersitzes, eine weiche Liegestatt darstellten. »Aber sobald Sie mich anfassen, zerkratze ich Ihnen das Gesicht, breche mein Ehrenwort, nicht in Gegenwart anderer Menschen um Hilfe zu rufen, nehme jede Gelegenheit wahr, zu flüchten und mache Ihnen Schwierigkeiten, daß Ihnen Hören und Sehen vergehen! Ist das klar, Ricardo?«
»Vollkommen, bella.« Bombani sah unglücklich aus. Seine bisherigen Eroberungszüge hatten anders ausgesehen. An der Riviera waren ihm die Mädchen nachgelaufen und hatten Schlange gestanden, um in seinem kleinen, schnellen, knallroten Sportwagen mitzufahren zu den verschwiegenen Buchten, wo ein Bikini wie ein hochgeschlossenes Kleid aus Großmutters Zeit wirkte. Allerdings waren das auch Mädchen, die ans Meer gereist waren, um etwas zu erleben, und die man nicht bei Nacht und Nebel entführt hatte. Es war also auch für Bombani etwas Neues: Er begann zu lieben.
Schweigend packte er das unterbrochene Abendessen, das so schön werden sollte, wieder in den Korb, schüttelte seine Decke aus, machte sich sein Lager auf der linken Seite und streckte sich aus. Seine Beine klemmte er unter das Armaturenbrett. Nach den Berechnungen der Autokonstrukteure dürfen anscheinend nur kleine Menschen im Wagen schlafen. Wer so groß war wie Bombani, lag auf den Liegesitzen wie zwischen einem Schraubstock eingespannt.
Dunkelheit hatte sich über das Land gesenkt. Der Himmel war sternenlos, eine grauschwarze Wolkenschicht hatte sich darüber geschoben. Irgendwo knackte und raschelte es im Wald, unbekannte Stimmen und Laute klangen auf. Auch in der Nacht ist im Wald Leben. Sonja zog die Schultern zusammen und schlug die Decke um sich. So lag sie eingerollt und starrte gegen die Bespannung des Autodaches.
»Angst?« fragte Bombani.
»Ich übernachte zum erstenmal in einem Auto. Im Gammeln

habe ich keine Erfahrung.«
»Zigarette?«
»Bitte.« Sonja war etwas kleinlaut geworden. Ich werde ihm schon zeigen, was ein mutiges Mädchen ist, hatte sie gedacht. Sie hatte sich vorgenommen, sich nicht unterkriegen zu lassen. Aber in einem dunklen Wald, in einem Auto, in einem fremden Land zu übernachten, ist gar nicht so einfach.
Sie rauchten schweigend, dann kurbelte Sonja ihr Fenster herunter, lüftete und rollte sich wieder in die Decke.
»Gute Nacht!« sagte sie bewußt laut. »Und merken Sie sich eins, Ricardo ... ich habe einen leichten Schlaf. Wagen Sie bloß nicht, mich im Schlaf zu küssen, oder sonst was. Ich kann mich wehren, ich bin stärker, als ich aussehe!«
»Gute Nacht, madonna.« Ricardo nahm Sonjas Hand, küßte sie galant, dann drehte er sich auf die Seite, um zu demonstrieren, daß er ganz brav sein wollte.
Entgegen ihrem Willen, so spät wie möglich einzuschlafen, überfiel die Müdigkeit Sonja mit aller Macht, und sie schlief ein, schon nach wenigen Minuten. Und auch Bombani schlief fest und traumlos, denn so eine Fahrt ist schließlich anstrengend, vor allem, wenn das Herz dauernd so belastet wird, wie durch den Anblick Sonjas.
Ruhig atmend lagen sie nebeneinander, während draußen die Wolkendecke aufriß und ein bleicher Mond dic Landschaft der guten Weine in ein milchiges Licht tauchte.

Es mochte etwa gegen 3 Uhr morgens gewesen sein, als sich Schritte durch den Wald näherten. Trockene Zweige knackten, dann hörtc man das leise Quietschen eines ungeölten Rades.
Eine dunkle Gestalt tauchte zwischen den Büschen auf. Sie kam aus der Richtung der Weinhänge und schob ein altes Fahrrad neben sich her. Auf den Gepäckträger des Rades war ein Sack geschnallt, der wahrscheinlich die ganze Habe des Mannes enthielt.
Sichtlich verblüfft blieb er stehen, als er den unbeleuchteten,

großen amerikanischen Wagen mitten im Wald stehen sah, lehnte sein Rad an einen Baum und kam langsam, auf Zehenspitzen näher.
Zunächst umkreiste er das Auto in einem weiten Abstand, dann räusperte er sich, wartete und schlich zur vorderen rechten Tür. Ein schneller Blick enttäuschte ihn etwas, denn nicht ein Liebespaar, das die Umwelt vergaß, vergnügte sich in dem Wagen, sondern in Decken eingerollt lagen ein Mädchen und ein Mann auf den Polstern und schliefen fest.
Der Mann überlegte. Welch ein Geschenk des Schicksals, dachte er. Hier hatte er alles vor sich, was man zum Leben braucht. Ein schönes Auto, ein liebliches Mädchen und sicherlich auch Geld in der Brieftasche. Man brauchte nur die Tür zu öffnen, die Hände ganz schnell um den Hals des Mannes zu legen und fest zuzudrücken. Dann kam das Mädchen an die Reihe.
Der Fremde betrachtete nachdenklich den schlafenden Bombani. Er war unschlüssig. Sich durchs Leben zu betteln, in Scheunen zu schlafen und den Tag über unter Gottes weitem Himmel zu wandern, das war seine Lebensauffassung, eine Philosophie für sich. Töten aber, das war ihm bis jetzt fremd.
Noch einmal ging der Fremde um das Auto. Er sah das ovale CD-Schild und redete sich gut zu, ein friedlicher Mensch zu bleiben. Diplomaten werden besonders stark vermißt, dachte er. Und einen solchen Wagen zu verkaufen, das ist immer ein Risiko. Man verrät sich damit. Besser ist es, weiter ein ehrlicher Strolch der Landstraße zu bleiben.
Leise öffnete er die Tür auf Bombanis Seite und tastete mit spitzen, auf Jahrmärkten beübten Fingern über dessen Brust, in die Jacke hinein.
Die Brieftasche. Prall gefüllt. Ein Blick überzeugte ihn: Es war kein wertloses Papier, sondern gute Francs-Scheine.
Mit zitternden Fingern steckte der Fremde die Scheinbündel ein und schob die Brieftasche wieder in den Rock. Dann sah er im Handschuhkasten nach, beugte sich über Sonja und fluchte leise vor sich hin, denn sie lag mit dem Kopf auf ihrer Tasche,

als sei sie ein Kissen.
Die Tasche wegzuziehen war zu gefährlich. Lassen wir das, dachte der Strolch. In der Brieftasche war genug. Er schloß leise wieder die Türen, ging zum Kofferraum, öffnete ihn und sah den Korb. Was er enthielt, brauchte er nicht zu raten, die Salami duftete ihm durch das Geflecht entgegen.
Mit schnellen Fingern leerte der Fremde den Spankorb, packte alles in seinen Sack auf dem Rad und tauchte dann in der Dunkelheit unter, so leise, wie er gekommen war. Nur das Quietschen seines ungeölten Rades war noch eine Weile zu hören.
Als der Morgen dämmerte, saß Emile Rampeau – so hieß der Strolch – am Hang eines Weinhügels, zwischen den vollen Reben, trank Bombanis köstlichen Rotwein, aß die Salami und kaute an dem herrlichen Weißbrot.
Mon dieu, die Welt ist schön! Sie ist fast ein Schlaraffenland ... die Köstlichkeiten liegen ja auf der Straße!
Als die Sonne über den Horizont kletterte, die Erde zu duften begann und die Lerchen trällernd in den blauen Himmel stiegen, legte sich Emile Rampeau in eine warme Erdsenke, faltete die Hände über dem satten Bauch und schlief ein.

Die Sonne weckte auch Sonja und Ricardo Bombani.
Zuerst wachte Bombani auf, gähnte, schrak dann empor und brauchte ein paar Sekunden, um sich klar darüber zu werden, wo er lag. Leise schälte er sich aus seiner Decke, öffnete die Tür und stieg ins Freie. Der Morgen war noch kühl, aber erfüllt von einer köstlichen Frische. Der Tau verdunstete bereits, die Erde atmete. Bombani nahm ein paar tiefe Züge von dieser Luft, machte ein paar Kniebeugen und lief dreimal um den Wagen herum. Lautes Lachen unterbrach seinen Frühsport. Sonja hatte ihre Scheibe heruntergekurbelt und klatschte in die Hände.
»Für die Olympiade reicht es nicht!« rief sie.
»Sie werden sich wundern, bella!« Bombani zog seine Jacke aus, machte einen Anlauf und stieß sich zu einem Flickflack ab.

Er gelang ihm ganz gut, sein schlanker Körper wirbelte durch die Luft und kam sicher wieder auf den Beinen auf.
Diese Bodenturnübung war eine große Nummer von Bombani. Am Rivierastrand machte er damit die härtesten Mädchenherzen weich und schlug alle Konkurrenten aus dem Feld.
»Na?« sagte Bombani, als er wieder zum Wagen kam. »Wie war's?«
»Sehr gut! Hätte ich Ihnen gar nicht zugetraut.« Sonja kletterte aus dem Wagen und vertrat sich etwas die Beine. »Wenn Sie mir jetzt noch ein Bad servieren können ...«
»Wir kommen nach vier Kilometern an den Fluß.« Bombani machte eine weite Handbewegung. »Dann steht Ihnen die schönste Badewanne zur Verfügung.« Er ging zum Kofferraum und öffnete ihn, um den Eßkorb zu holen. »War ich nicht folgsam in dieser Nacht?«
»Ihr Glück, Ricardo.« Sonja schüttelte die Decken aus und faltete sie zusammen. »Was gibt es zum Frühstück?«
»Leider nur Wein und Wurst.«
Er griff nach dem Korb, hob ihn hoch und stieß einen Laut aus, als wenn ihn jemand gekniffen hätte.
»Was haben Sie?«
»Der ... der Korb ...« Bombani schwenkte ihn hin und her. Seine Augen hatten den Ausdruck eines Kaninchens. »Der Korb ist leer ...«
»Was ist er? Unmöglich ...«
Sonja nahm ihm den Korb aus der Hand und klappte ihn auf. Leer bis auf ein paar Krümel Brot. Völlig leer.
»Aber gestern abend ...« stotterte Sonja.
Bombani ballte die Fäuste. »Jemand hat uns bestohlen. In der Nacht, während wir schliefen, war jemand hier und hat unser Essen geklaut! Jemand hat uns ...« Er tastete nach seiner Brieftasche, holte sie heraus, sah hinein und warf sie mit einem fürchterlichen Fluch auf den Waldboden. »Das Geld!« schrie er. »Alles Geld ist weg! Er war im Wagen, er hat mir das Geld gestohlen.«
Sonja wurden die Knie weich, sie mußte sich auf die Stoß-

stange setzen. »Im Wagen . . .« stammelte sie. »Wir haben die Türen nicht verriegelt. Er war . . . o Gott, was hätte da passieren können . . .«
»Jammern Sie nicht um die Unschuld, die keiner geklaut hat! Aber mein Geld ist weg! Alles! Wissen Sie, was das bedeutet? Wir sind mitten in Frankreich und haben keinen Centime! Wir können uns nichts zu essen kaufen, wir können kein Benzin mehr bezahlen, wir sind Landstreicher geworden!«
»Rufen Sie doch Ihren mächtigen Freund in Cannes an.«
»Unmöglich!« Bombani setzte sich auf den Kotflügel. Er wirkte wie ein gebrochener Mann. Corbet anzurufen . . . welch ein Gedanke. Seit einem halben Tag sollte Sonja schon in Cannes sein! Wenn er jetzt Corbet benachrichtigte und ihm sagte, er stecke erst bei Dijon, dann kam ihm Corbet entgegen, nahm Sonja mit und drehte Bombani den Kopf auf den Rücken. Da eine solche Behandlung niemand gern hat, war an eine Hilfe aus Cannes gar nicht zu denken.
»Wieviel Geld haben Sie in der Tasche, bella?«
»Mal sehen.« Sonja zählte ihr Geld und hob dann die Schultern. »Nicht fürstlich, Ricardo. Vierundfünfzig deutsche Mark und neunzig Pfennig.«
»Dio mio!« Bombani schlug die Hände über dem Kopf zusammen. »Das reicht nicht einmal für das Benzin! Dieser Mistwagen frißt Benzin, wie eine Kuh Wasser trinkt! Eine Katastrophe, bella!« Er stützte den Kopf in beide Hände und blickte trübsinnig in den Wald. Die Sonne zauberte goldene Streifen durch das Geäst der Bäume, aber Bombani war in einer Verfassung, wo er Naturschönheiten nicht mehr aufnahm. »Wo bekommen wir Geld her? Ohne Geld geht es nicht weiter, aber wir müssen weiter! Madonna, wie kommen wir an Geld?«
Es war eine Frage, die man nicht so ohne weiteres beantworten kann. Vor allem nicht, wenn man gezwungen ist, völlig unauffällig durch die Lande zu reisen.
»Ich wüßte etwas«, sagte Sonja plötzlich.
»Ja?« Bombani sah sie traurig an.
»Nehmen wir mein Geld, wechseln es ein und rufen von der

nächsten Stadt aus meinen Vater an. Er gibt Ihnen jede Summe, wenn er mich wiederbekommt.«
Bombani nickte trüb. »Das ist genau der einzige Weg, der nicht möglich ist«, sagte er. »Es muß uns etwas anderes einfallen.«

In Hamburg saß der Leiter der Sonderkommission »Bruckmann« etwas hilflos vor einem Fernschreiben aus Cannes, das eben eingetroffen war. Ein Kollege, Kommissar Bouchard, bat darin, bei Sonja Bruckmann, der Verschwundenen, alle Ferienfotos vom Sommer amtlich zu beschlagnahmen und sie samt der Negative herüberzuschicken. Das Fernschreiben stellte eine Amtshilfe dar, wie sie unter Polizeikollegen üblich ist.
»Ferienfotos!« sagte der Leiter der Sonderkommission. »Verstehen Sie das? Haben die Sorgen in Frankreich! Und keine Begründung, warum! Aber gut, sollen die Kollegen in Cannes sehen, wie flott die deutsche Polizei arbeitet. Ein Mann soll mal zu den Bruckmanns gehen und die Fotos einsammeln. Werden sich wundern, was das mit ihrer Tochter zu tun hat!«
Genauso war es. Thomas Bruckmann führte den Polizisten in Sonjas Zimmer und zeigte auf die Schublade, wo sie alle ihre Fotos und Filme aufbewahrte. »Bitte, suchen Sie, was Sie brauchen. Ich weiß nicht, was das soll! Meine Tochter wird entführt, und Sie sammeln Ferienfotos! Glauben Sie etwa, auf den Fotos könnte der Entführer sein?«
»Ich weiß es nicht.« Der Polizist schob Fotos und Negative in einen Pappkarton und verschnürte ihn. »Wir müssen an alles denken.«
Es war ein Zufall, daß in diesen Minuten Mischa Heideck nicht im Hause war. Bis vor einer Stunde hatte er bei den Bruckmanns ausgehalten, immer hoffend, daß eine Nachricht von Sonja eintraf. Nun war er kurz nach Hause gefahren. Er wollte so lange bei Bruckmann bleiben und ihm zur Seite stehen, bis Klarheit über das Schicksal Sonjas bestand. Vor allem Irene brauchte ihn. Ihre schlechte Meinung über Mischa hatte sich völlig geändert. Jetzt war sie froh, wenn er an ihrem Bett saß und sie tröstete. Sein fester Glaube, daß Sonja noch lebte, gab

ihr Kraft.
Wie anders wäre vielleicht alles gekommen, wenn Mischa erlebt hätte, daß man die Ferienfotos suchte. Er hätte sich daran erinnert, daß ein Negativstreifen noch bei ihm im kleinen Labor lag. Fotos, die er für eine Ausstellung vergrößern wollte. Und unter ihnen das Foto, von dem keiner hier wußte, daß es Millionen wert war.
So aber ging der Polizist mit seinem Pappkarton weg, und das Schicksal nahm weiter seinen ungehinderten Lauf.
In den weiteren Stunden fanden zwei Ferngespräche statt. Kommissar Bouchard nahm alle seine Deutschkenntnisse zusammen und bat seinen Hamburger Kollegen, die Fotos einmal durchzusehen.
»Ist dabei ein Bild von Meer, Felsen, Strand und Schiff im Hintergrund? Weißes Schiff. Deux messieurs in Vordergrund! Bitte, sehen Sie nach!«
Zwei Polizisten sichteten die Fotos und legten alle Strandaufnahmen vor den Chef der Sonderkommission. Es waren größtenteils Fotos, die beweisen, daß Sonja ein sehr hübsches Mädchen war. Aber ein weißes Schiff mit zwei Männern davor war nicht dabei.
»Dann sehen bitte Negative durch!« befahl Bouchard.
Die Polizisten hielten die Negativstreifen gegen die Lampen und sahen sie einzeln an. Da es zehn Filme waren, Kleinbildfilme auch noch mit je 36 Aufnahmen, dauerte es eine Zeit, bis man sich einig war: Auch ein Negativ mit Schiff und zwei Männern gab es nicht. Überhaupt, das sah man jetzt, fehlte ein Filmstreifen. Es gab Abzüge von Strandbildern, zu denen die Negative nicht im Karton waren.
»Haben Sie nichts vergessen?« sagte der Hamburger Kriminalkommissar zu dem Polizisten. »Es fehlen fünf Negative.«
»Ich habe alles mitgenommen, was vorhanden war. Vielleicht hat die Bruckmann diesen Streifen zu einem Fotografen ...«
»Hören Sie, Herr Kollege?« Der deutsche Kommissar vernahm am anderen Ende ein bejahendes Grunzen. »Also: Bei den Negativen ist auch nichts. Allerdings fehlt ein Streifen von fünf Bil-

dern. Wir nehmen an, daß Sonja Bruckmann diese Bilder zu einem Fotografen gebracht hat.«
»Und ich nehme an, Kollege, daß ich Ihnen diese Sonja bringen kann!« Die Stimme Bochards war wie eine Fanfare. »Isch gäbe Ihnen Tip: Sonja Bruckmann ist auf Weg nach Cannes! Bonjour monsieur Commissaire!«
»Hallo! Hallo!« Der deutsche Kommissar schüttelte das Telefon, aber Bouchard hatte aufgelegt. Er hatte es jetzt sehr eilig. »Verstehen Sie das? Der Franzose sagt mir: Die Bruckmann ist auf dem Weg nach Cannes! Was soll das? Woher weiß er das? Warum die Geheimnistuerei?! Ist das eine Zusammenarbeit? Wir sitzen hier wie Clowns ... und er weiß, wo sie ist?! Unerhört! Was halten Sie davon, meine Herren?«
Die anderen Beamten hoben die Schultern. Im Herzen waren sie froh, diesen Fall bald ablegen zu können oder ihn abzuwälzen auf die französischen Kollegen.
Wie gesagt: Bei Entführungen sieht keine Polizei gut aus. Wer sucht schon gern im Dunkeln einen schwarzen Knopf?
Jean Bouchard aber hatte seine heiße Spur. Alle Zufahrtsstraßen nach Cannes wurden von seiner motorisierten Polizei kontrolliert. Niemand mehr kam per Auto unkontrolliert nach Cannes. Bouchard selbst aber mietete sich bei Roger Corbet ein. Er erschien einfach in der weißen Felsenvilla, setzte sich in einen der tiefen Sessel und sagte fröhlich: »Da bin ich, Corbet! Und hier bleibe ich bis auf weiteres. Beschwerden helfen nichts. Sogar das Innenministerium in Paris ist unterrichtet.« Er rieb sich die Hände und sah den verdrossen dreinblickenden Corbet zufrieden an. »Jetzt habe ich Sie, mein Lieber. Jetzt habe ich Sie ...«

## *11*

Roger Corbet ging zu seiner großen, wohlgefüllten Hausbar und goß sich und Bouchard einen doppelten Kognak ein. Er nahm dazu zwei riesige Gläser, in denen der Kognak trotz der Menge wie verloren wirkte. Bouchard dankte mit einem Kopfnicken, schwenkte den Kognak in dem riesigen Glas, roch daran, brummte anerkennend und nahm einen gut dosierten Schluck.

»Warum lesen Sie so viele James Bond?« fragte Corbet fast traurig. »Kriminalkommissare sollten in Wahrheit nicht so sein wie ihre Romankollegen. Aber Sie, lieber Bouchard, benehmen sich ganz wie die Papier- und Leinwandhelden.«

»Man muß das individuell sehen, mein lieber Roger.« Bouchard nahm wieder einen Schluck des alten Kognaks und schnalzte mit der Zunge. »Wenn sich die Gangster so benehmen wie die Filmhelden, was bleibt da einem kleinen, alten Kommissar anderes übrig, als mitzuziehen?« Bouchard lehnte sich zurück und holte eine Zigarre aus der Brusttasche. Vom Meer her brummte ein Hubschrauber heran und begann, um den Felsen und die Bucht zu kreisen. Corbet zuckte nervös mit den Lidern. »Jaja, ein Hubschrauber«, stellte Bouchard gemütlich fest. »Er sieht alles, was jetzt bei Ihnen geschieht. Nach zwei Stunden wird er abgelöst. Ich habe die ganze Staffel mobilisiert.«

»Sie sind – verzeihen Sie, Kommissar – ein verrückter alter Mann!« rief Corbet dumpf.

»Mag sein.« Bouchard dehnte sich, reckte die Arme, als erwache er gerade aus einem erquickenden Schlaf, und paffte dicke Qualmwolken gegen die Decke. »Wenn ich auch kein Held bin, der selbst beim Salto schießen kann, wie die Leinwandjungs, so habe ich doch ein Gehirn, und das hat gelernt, logisch zu denken. Da wir unter uns sind und es auch bleiben, und Ihr Weg, lieber Roger, von hier aus gleich in die Zelle führt, wollen wir einmal ehrlich miteinander sein.« Bouchard hielt sein leeres Glas hin, Corbet schüttete mit verschleierten Augen ein. »In Hamburg wird ein Mädchen entführt, das in St. Tropez ein preisgekröntes Foto gemacht hat. Das Foto wird geklaut, der Fotograf eingeschüchtert, der es vergrößerte, man sucht nach dem Negativ, bis man weiß, daß es bei dem Mädchen ist. Auf dem Foto sind zwei Männer zu sehen, einer davon ist Roger Corbet, der andere ... Aha! Um ihn geht es! Sein Gesicht ist jedes Verbrechen wert, auch eine Entführung, und wenn es sein muß, sogar Mord! Dieses Gesicht, aus Zufall fotografiert, wird aber auch von der Polizei aller europäischen Länder gesucht. Und nicht nur dort. Auch in den USA, im Vorderen Orient, in Asien ist es Millionen wert. Dieses Gesicht gehört dem großen Boß, der seit über zehn Jahren tonnenweise das Opium von Hongkong und Macao nach Europa und Amerika schleust. Was keiner Polizei jemals gelang, das machte ein junges Mädchen durch Zufall möglich: Sie kennt das Gesicht des großen Unbekannten! Und nun ist sie unfreiwillig auf dem Weg hierher, um das Negativ abzuliefern oder zu sagen, wo es sich befindet.«

»Verkaufen Sie diese Idee an den Film!« Corbet ging zu dem großen runden Panoramafenster und starrte auf das blaue Meer. Der weiße Hubschrauber kreiste über der Bucht wie eine Riesenlibelle.

»Ich habe alle Fotos in Hamburg beschlagnahmen lassen, und es fehlt genau ein Negativstreifen von fünf Bildern!«

»Na und?«

»Warten wir es ab.« Bouchard zog wieder an seiner Zigarre. »Es ist jetzt alles nur noch eine Zeitfrage. Sonja Bruckmann ist auf dem Wege nach Cannes, und der, der sie bringt, weiß nicht, was wir jetzt wissen! Er wird uns ahnungslos in die Arme laufen.«

Roger Corbet schwieg. Was sollte er auch dazu noch sagen? Bouchard hatte ja recht. Wenn Bombani auftauchte, vertrauend auf die gute Organisation Corbets, würde er spätestens unten auf dem Parkplatz abgefangen werden. Aber so weit würde er gar nicht kommen, denn alle Straßen aus dem Norden und Westen wurden kontrolliert, und wer als Mann allein mit einem jungen Mädchen im Auto saß, geriet sofort in Verdacht.

»Sie werden sehen, Kommissar«, sagte Corbet und sah Bouchard dabei nicht an, »daß alles nur ein blinder Alarm ist. Aber dann, wenn meine Unschuld erwiesen ist, dann Gnade Ihnen Gott! Sie werden keinen ruhigen Lebensabend mehr haben!«
»Sie sehen mich völlig gelassen, Roger.« Bouchard schlug die Beine übereinander. »Mir ist vollkommen klar, daß Sie in Kürze Ihr Haus verlassen werden, und zwar mit wenig Gepäck. Sie wissen ja, eine Zahnbürste dürfen Sie mitnehmen, mehr aber auch nicht!«
Corbet hüstelte nervös und suchte fieberhaft nach einem Ausweg. Ich muß hier heraus, ich muß Bombani entgegenfahren. Ich muß ihn abfangen, bevor er in das gesperrte Gebiet kommt. Aber wo ist er bloß, dieser Lackaffe? Wo treibt er sich mit dem Mädchen nur herum? Wenn er seinen Stundenplan eingehalten hätte, wäre Bouchard einen halben Tag zu spät gekommen, und das ganze Spiel wäre beendet gewesen. Jetzt aber war es verloren durch die Schuld und durch die Bummelei Bombanis.
Corbet zog fast hilflos die Schultern hoch. Er dachte an Mr. Zero. In Bombanis Haut hätte er jetzt nicht stecken wollen.

Das Benzin konnte bis Lyon reichen, wenn man keinen Umweg mehr machte. Bombani hatte es nach den Kilometerangaben auf der Autokarte nachgerechnet. Von Lyon bis Cannes aber waren es noch ... Bombani faltete die Karte zusammen; er wollte gar nicht ausrechnen, wieviel Kilometer es noch waren. Ob zweihundert oder zweitausend, es waren in jedem Fall zuviel. Ohne Geld in der Tasche werden Entfernungen uninteressant, vor allem, wenn man unauffällig leben muß.
»Was nun?« fragte Sonja. Sie lag in der Sonne, die durch das Geäst in goldenen, warmen Streifen fiel.
»Ich werde Geld besorgen«, erklärte Bombani entschlossen.
»Besorgen heißt in diesem Falle klauen?«
»Ja.«
»Ich habe Sie bis zu dieser Stunde für einen Gentleman gehal-

ten, Ricardo.«
»Was bleibt mir anderes übrig?« schrie Bombani. »Das Leben zwingt einen manchmal zu bösen Taten.«
»Wie wäre der gerade Weg zur Polizei?«
»Madonna, so viel Gentleman bin ich nun wieder nicht!« Bombani betrachtete das schöne Bild, das sich vor ihm ausbreitete: das Stück Wiese mitten im Wald und das in der Sonne liegende Mädchen, dessen Haare wie Gold glänzten. »Wir werden zu Geld kommen!« sagte er dunkel.
»Stehlen?«
»Vielleicht.«
»Wo?«
»Fangen wir bereits in Dijon damit an.«
»Wir? Sie glauben doch wohl nicht, daß ich Ihnen dabei helfe?« Sonja sprang auf. Bombani wiegte den Kopf hin und her.
»Es gibt zwei Möglichkeiten«, sagte er. »Die eine ist, daß Sie mir helfen, die andere, daß Sie mir nicht helfen, dann sperre ich Sie für die Zeit meiner sehr schweren ›Arbeit‹ wieder in den Kofferraum. Mit Fessel und Knebel!«
»Sie Scheusal!« schrie Sonja und ballte die Fäuste. »Und so etwas meint, daß ich ihn sympathisch finde und vielleicht sogar liebe!«
»Wir haben alles gegen uns!« Bombani saß traurig in der offenen Wagentür. »Wenn ich Sie nicht abliefere, müßte ich mich irgendwo im Urwald verstecken vor seiner Rache.«
»Ach!« Sonja spürte, daß Bombani dabei war, innerlich aufzuweichen. Sie kam zu ihm, setzte sich neben ihn und legte den Arm um seine Schulter. Das war eine durchaus kameradschaftliche Geste, aber Bombani zuckte zusammen, als er ihren Arm spürte. Er fuhr herum, ergriff ihren Arm und küßte ihn glühend. Sonja ließ es geschehen, denn so nahe vor einem Sieg wollte sie nicht zimperlich sein.
»Ich glühe wie feurige Lava!« stammelte Bombani und versuchte, vom Arm zu Sonjas Mund zu kommen. Energisch schob sie ihn von sich weg.

»Sie haben Angst, Ricardo«, sagte sie leise. Bombani nickte wie ein aufgerufener Schuljunge.
»Ja.«
»Ich auch!«
»Sie dürfen Angst haben, schließlich hat man Sie entführt! Aber ich habe mir die Angst selbst zuzuschreiben.«
»Ist ›er‹ ein solcher Teufel?«
»Ja. Ein Satan in Person!«
»Und was will ausgerechnet er mit mir?«
Bombani seufzte tief. Es hatte keinen Sinn mehr, Versteck zu spielen. Ob Sonja die Wahrheit wußte oder nicht, es änderte sich nichts. Sie mußte nach Cannes gebracht werden. Vielleicht war es sogar leichter, wenn sie alles wußte.
»Es geht um ein Bild«, sagte er zögernd.
Sonja preßte die flachen Hände auf das Herz. Jetzt redet er. O mein Gott, jetzt ist er besiegt. Ihre Augen wurden dunkelblau und glänzend wie ein Bergsee.
»Ein Bild? Welches Bild denn?«
»Ein Foto. Sie haben in St. Tropez ein Foto gemacht, das den ersten Preis erhielt.«
»Ja.« Sonja starrte Bombani verständnislos an. Das Bild von der Bucht mit der Jacht und den beiden Männern. Sie erkannte keinen Sinn. Bombani rang die Hände. Es war, als müsse er jetzt jedes Wort aus sich herausringen.
»Einer dieser Männer ist der Boß!«
»Nein!« Sonja zuckte hoch. Wie ein Blitz traf es sie und gab ihr Antwort auf alle Fragen: Sie hatte einen Mann fotografiert, dessen Gesicht niemand sehen durfte. Auf ihrem Foto war ein Mann, der um jeden Preis der Welt unbekannt bleiben wollte.
»Doch!« Bombani starrte wehmütig in den schönen sonnigen Morgen. »Der Boß, oder Mr. Zero, wie wir ihn nennen, ist einer der mächtigsten Männer im Mittelmeer. Niemand kennt sein Gesicht, nur Roger Corbet, sein Assistent. Er ist der zweite Mann auf dem Bild. Verstehen Sie nun?«
»Natürlich. Aber warum läßt er mich deswegen nach Cannes schleppen?«

»Er will das Negativ!«
»Das Negativ?«
»Er will es selbst vernichten! Wir haben alles versucht, es zu bekommen, ich habe sogar bei Ihnen eingebrochen, aber umsonst! Da kam der Befehl an mich: Sonja Bruckmann muß nach Cannes. Sie wird uns sagen, wo das Negativ ist, und dann holen wir es uns. Für Mr. Zero gab es keine andere Wahl. Solange das Negativ existiert, die einzige Aufnahme von ihm, ist er nie mehr sicher!« Bombani hob beide Arme. »Darum sitzen wir jetzt im Wald bei Dijon und blasen Trübsal.«
»Das hätten Sie einfacher haben können.« Ein verwegener Gedanke war Sonja gekommen. Sie lachte innerlich darüber wie über einen köstlichen Spaß, aber es war ein Spaß, der Mr. Zero an den Rand des Wahnsinns bringen konnte. »Ich habe das Negativ nicht mehr.«
»Sie haben ...« Bombani sprang auf. Die Augen quollen ihm fast aus dem Kopf. Jetzt sah er gar nicht mehr so schön aus. »Santo Dio, wo ist es denn?!«
»In Beirut«, sagte Sonja leichthin. »Im Libanon.«
»Ich werde verrückt«, stöhnte Bombani.
»Ich habe dort eine Freundin. Der Vater ist Ingenieur, sie zogen vor einem Jahr nach Beirut. Der habe ich das Negativ geschickt, weil sie eine begeisterte Fotofreundin ist. Es kann sein, daß sie schon längst Vergrößerungen gemacht hat.«
Bombani raufte sich die Haare. Er wirkte wie ein Irrer. »In Beirut!« rief er. »Bella! Noch haben wir eine Chance! Sagen Sie mir den Namen Ihrer Freundin, und alles ist gut. Ich rufe Corbet an, und ich garantiere dafür, daß ich Sie freilassen kann. Madonna!« Er umarmte Sonja stürmisch und drückte sie an sich. »Dann sollst du einen anderen Ricardo kennenlernen. Ich bringe dich nach Hamburg zurück, ich werde dich zum glücklichsten Mädchen machen!«
Sonja schwieg. Sie lächelte bloß, und dieses Lächeln irritierte Bombani. Er küßte sie auf die Stirn und nahm dann ihren schönen Kopf zwischen seine Hände.
»Sag mir den Namen und die Adresse!«

»Nein!«
Dieses Nein war so klar und laut gesprochen, daß Bombani zurückschreckte, als habe es geknallt. Sonja legte die Hände auf den Rücken und ging mit wiegenden Schritten hin und her. Dabei sagte sie immer wieder, fast singend: Nein! Nein! Nein! Nein!«
Nun war sie die Siegerin. Nun konnte sie diktieren, was getan werden sollte. Ein Negativ in Beirut, ein Mädchen nördlich von Dijon, der große Unbekannte in Cannes. Das waren Entfernungen, die man nicht ganz so schnell, wie es Mr. Zero wollte, überbrücken konnte.
»Sie erkaufen sich mit dieser Adresse die Freiheit!« schrie Bombani.
Sonja blieb stumm. »Ich habe nie anders gefühlt, als frei zu sein!« Sie sah Bombani hochmütig an. Wie er dastand! Ein Bild aus Elend und Angst.
»Dann lassen Sie uns wenigstens Monsieur Corbet anrufen und ihm alles mitteilen.«
»Ich dachte, Sie wollten niemanden benachrichtigen?«
»Daß die Bilder in Beirut sind, ändert vieles.« Bombani sah in all dem Elend nun doch einen Hoffnungsschimmer. Corbet würde sie aus der geldlosen Einsamkeit herausholen.
»Fahren wir nach Dijon!« sagte Bombani fest. »Dort wechseln wir Ihr deutsches Geld. Und dann lassen Sie mich nur machen.« Er winkte in den Wagen, und Sonja stieg zögernd ein. Hatte sie etwas falsch gemacht? Warum war Bombani jetzt wieder so siegessicher? Seine Verzweiflung war verflogen, in seinem Körper knisterte es förmlich vor Aktivität. »Vergessen Sie nicht Ihr Versprechen, brav zu sein.«
»Nein. Ich werde mir Mühe geben.«
Eine Stunde später parkten sie vor einer Bank in Dijon, einem imposanten Gebäude aus Sandstein. Ein Parkwächter steckte einen Zettel an die Scheibe und grüßte ehrfürchtig, als er das CD-Schild sah. Bombani nickte kurz zurück.
»Ihr Geld, bella«, bat er und hielt Sonja die Hand hin. »Und noch einmal Ehrenwort! Denken Sie daran: Auch ich bin nur

ein Opfer dieses Mr. Zero. Man hat mich gezwungen, Sie zu entführen. Wir sind Geschwister in der Not.«
Sonja gab ihm ihr deutsches Geld und bekräftigte ihr Ehrenwort mit einem festen Händedruck. Bombani war zufrieden. Er stieg aus, rannte in die Bank, wechselte das Geld in Francs um und schloß sich in einer der Telefonzellen ein. Von hier aus rief er Corbet an und wunderte sich, daß die Stimme Corbets so gepreßt klang.
»Du dämlicher Hund!« zischte Corbet am Ende des Telefonats. »Leb wohl ...«

Kommissar Bouchard winkte vergnügt, als bei Corbet das Telefon klingelte. Er saß noch immer im Sessel und rauchte nun schon die vierte Zigarre. Den Kognak rührte er nicht mehr an. Er wollte einen klaren Kopf behalten.
»Heben Sie ab, Roger«, sagte er gemütlich. »Jemand will Sie sprechen.«
»Das Telefon wird überwacht«, sagte Corbet hart.
»Was dachten Sie denn? Natürlich! Das hindert Sie doch nicht an einem Dialog. Soll ich abheben?«
»Lassen Sie.« Corbet nahm den Hörer ab. Sein Gesicht zuckte, als er schon beim ersten Wort erkannte, wer anrief. Im Abhörwagen der Polizei lief das Tonband.
»Mein Lieber«, sagte Bombani, ehe Cobert durch ein Wortspiel eine Warnung hinausschicken konnte, »ich habe das Mädchen bei mir.« Corbet verdrehte die Augen, aber nun war schon alles egal. »Und ich weiß, wo das Negativ ist. In Beirut! Damit dürfte der Auftrag erledigt sein. Mr. Zero wird zu spät kommen, denn in Beirut wird das Bild schon längst vergrößert sein, vielleicht druckt es dort auch eine Zeitung ab, und klarer als bei uns. Wer das Bild in Beirut hat, will Sonja nicht sagen. Es ist jetzt auch nicht mehr wichtig. Ich werde jetzt den Weg zurückgehen. Ich werde dem gramgebeugten Vater Bruckmann seine Tochter für 100 000 Francs anbieten. Grüß Mr. Zero schön von mir, er sieht mich nicht wieder.«

Roger Corbet nickte. Sein Gesicht war wie ein Faltengebirge. Und dann sagte er die schon erwähnten Worte: »Du dämlicher Hund! Leb wohl . . .«
Mit Wucht warf er den Hörer zurück auf den Apparat. Kommissar Bouchard rieb sich die Hände. Sein Blick ließ Corbet nicht los.
»Schachmatt, Roger?«
»Ich möchte meinen Anwalt sprechen, Kommissar«, antwortete Corbet steif. »Ich stelle eine Haftkaution von 1 Million!«
»Darüber entscheidet nur der Staatsanwalt!« Bouchard legte seine Zigarre in den großen Aschenbecher aus Onyx. »Wollen Sie ein Geständnis ablegen, Roger?«
»Bin ich verrückt? Was soll ich gestehen? Da Ihre Polizei das Gespräch eben auf Tonband genommen hat, muß ich damit rechnen, daß man mich verdächtigt und verhaftet. Daher vorbeugend das Kautionsangebot.«
Es klopfte. Der Diener Corbets ließ mit saurer Miene einen Polizisten eintreten. Bouchard nahm den Zettel an, den ihm der Beamte reichte, und las ihn schnell durch.
»Roger, man muß es Ihnen lassen – Sie haben ein feines Gefühl für das, was kommt.« Bouchard steckte den Zettel ein. »Der Wortlaut des Telefonates ist ja wohl klar genug.«
»Also Verhaftung.«
»Natürlich.«
Corbet lächelte schwach. »Ich muß Ihnen vorher sagen, daß sich hier jemand einen üblen Scherz erlaubt hat. Ich kenne den Anrufer nicht. Ich weiß nicht, wer er war. Was er sagte, war absoluter Blödsinn! Aber ich sehe, Sie glauben mir nicht.«
»Erwarten Sie von mir keine artistischen Leistungen.« Bouchard erhob sich abrupt. »Roger Corbet, wo ist diese Sonja Bruckmann?«
»Ich kenne dieses Mädchen nicht!« antwortete Corbet ebenso laut.
»Wer rief eben an?«
»Was weiß ich? Vielleicht der Gasmann, der sich einen Scherz erlaubte?«

Sie standen sich gegenüber und sahen sich eine Weile stumm und feindlich an. Dann sagte Bouchard leise, aber scharf: »Roger, wenn dem Mädchen ein Haar gekrümmt wird, kommen Sie aus der Zelle nicht mehr heraus!«
»Keine leeren Versprechungen, Kommissar.« Corbet lachte rauh. Er wandte sich ab und ging zur Tür. Bouchard folgte ihm. In der Diele standen zwei Polizisten, und Corbet hielt ihnen seine Hände entgegen.

Der Leiter der Sonderkommission »Sonja Bruckmann« in Hamburg erhielt gegen Mittag wieder ein Fernschreiben aus Cannes. Der Sekretär, der den Zettel hereinbrachte, grinste, als er das Gesicht seines Chefs sah beim Namen Cannes.
»Will dieser Bouchard jetzt auch den Bikini von Sonja besichtigt haben?« rief der Oberkommissar.
»Nein! Aber er meint, die fehlenden Negative seien noch hier.«
»Mit seinen Fotos kann er mich ...« schrie der Oberkommissar und überflog das Fernschreiben. »Wieso Beirut? Was haben wir mit Beirut zu tun? Wer hat denn behauptet, die Negative seien in Beirut? Die trinken da in Cannes wohl zuviel Wein! Aber gut. Er soll seinen Willen haben! Man soll nicht sagen, die deutschen Kollegen unterstützen nicht die französische Kriminalpolizei. Im Zeichen der deutsch-französischen Freundschaft wollen wir sogar Unverständliches tun! Also los, sehen wir noch einmal im Zimmer Sonjas nach, ob diese verdammten Negative zu finden sind.«
Diesmal war Thomas Bruckmann nicht allein im Haus. Mischa Heideck war wieder da, müde, übernächtigt, nervös. Ein paar Stunden war er bei seinem Vater gewesen.
»Ich sehe, du liebst sie wirklich«, sagte der alte Heideck.
»Es ist mir, Vater, als sei mein Herz herausgerissen.« Mit flatternden Augen sah er hoch. »Was ... was mache ich, wenn Sonja etwas geschehen ist?«
Der alte Heideck schwieg. Er hätte sagen können: Du wirst es überleben, Mischa. Jeder Schmerz, auch der größte, klingt ein-

mal ab Und das Leben geht ja weiter, es hängt nicht an einem einzigen Menschen.
Aber er sagte es nicht. Er sparte es sich auf für die Zeit, wo diese Worte vielleicht notwendig würden.
Nun saß Mischa wieder abwechselnd im Wohnzimmer Bruckmanns oder am Bett Irenes und spürte, daß es nichts Furchtbareres gibt, als im Ungewissen zu sein. Das Erscheinen der Sonderkommission brachte wieder Schrecken in das Haus Bruckmann. Thomas Bruckmann lief den Kriminalbeamten in der Diele entgegen.
»Wenn Sie etwas wissen«, bat er leise, mit hohler Stimme, »bitte, sagen Sie nichts meiner Frau. Erfinden Sie eine fromme Lüge. Sie würde die Wahrheit jetzt nicht überleben.«
»Wir wissen gar nichts«, mußte der Oberkommissar zugeben und kam sich dabei sehr elend vor. »Ich möchte nur noch einmal das Zimmer ihrer Tochter durchsuchen. Irgendwo muß der fehlende Streifen sein.«
»Bitte«, sagte Bruckmann gepreßt und zeigte nach oben. Mischa Heideck sah die Beamten ohne Verständnis an.
»Welcher Streifen denn?« fragte er.
»Ach, das habe ich vergessen, dir zu sagen.« Thomas Bruckmann schüttelte den Kopf. »Die Polizei hat alle Fotos von Sonjas Ferien mitgenommen. Die Abzüge und die Negative.«
»Es war eine Anfrage aus Cannes.« Der Oberkommissar hob wie bedauernd die Schultern. »Und sie geben keine Ruhe da unten. Es fehlt ein Negativstreifen von fünf Fotos.«
»Ach! Das ist es?!« Mischa lächelte schwach. »Diese Negative habe ich. Ich wollte sie für eine Ausstellung vergrößern.«
»Gott sei Dank! Wo haben Sie sie?«
»Zu Hause, in meinem kleinen Fotolabor.«
»Fahren wir sofort hin und ... Warten Sie! Können Sie die Fotos gleich entwickeln?«
»Selbstverständlich!«
»Um so besser! Wir geben diese Fotos per Bildfunk nach Cannes, damit ich endlich diesen Bouchard vom Halse bekomme! Ich bin gespannt, was auf diesen Fotos zu sehen ist.«

Mischa blieb stehen und sah den Oberkommissar fragend an. »Das kann ich Ihnen sagen: Eine Bucht, darin eine Jacht und davor zwei Männer im Gespräch.«
»Zwei Männer?« Der Leiter der Sonderkommission wischte sich über die Augen. »Lieber junger Freund, kommen Sie schnell. Manchmal hat man wirklich ein Brett vor dem Kopf!«

## *12*

Mit ein paar Francs in der Tasche und Benzin, das nur für ein paar Kilometer reicht, dazu Angst im Herzen vor einem Mr. Zero, der kein Erbarmen mit Versagern kennt, ist das Leben wirklich nicht angenehm. Ricardo Bombani war also zu bedauern, und so sah er auch aus, als er aus der Bank von Dijon wieder auf die Straße trat und sich neben Sonja in den Wagen setzte.
»Nanu?« fragte sie. »Hat man Ihnen das Geld nicht gewechselt?!«
»Das Geld!« Bombani winkte ab. »Ich habe mit Cannes gesprochen.«
»Und nun sind Sie am Boden zerstört, was?«
»Man hat mich einen dämlichen Hund genannt.«
»Eine Menschenkenntnis haben die Leute!« Sonja lachte und lehnte sich in den Polster zurück. Zuerst hatte sie Angst vor Bombani gehabt, dann wurde aus der Angst Neugier, und jetzt empfand sie sogar Mitleid mit Bombani. Aus einem Entführer war selbst ein Gejagter geworden, aber nicht, weil er so grausam gewesen war, sondern weil er vor der Schönheit eines Mädchens kapituliert hatte. »Es geht also weiter?«
»Ich weiß es nicht.« Bombani hob die Schultern. »In Cannes scheint etwas passiert zu sein. Corbet war so komisch am Telefon.«
»Wer ist denn Corbet nun wieder?«

»Der einzige, der Mr. Zero kennt. Zu ihm sollte ich Sie bringen. O Gott ... was wird nun aus uns!« Bombani raufte sich die Haare.
»Zurück nach Hamburg, Ricardo«, stellte Sonja sachlich fest. Aber ein klein wenig Traurigkeit war fast dabei. Sie hätte in den letzten Stunden so viele Möglichkeiten gehabt, Bombani zu entfliehen. Ein Ehrenwort, einem Ganoven gegeben, bindet niemand. Vor allem hier, vor der Bank in Dijon, hätte sie dreimal entfliehen können. Einmal sprach sie ein junger Mann an, aber sie stellte sich stur und sah zur Seite. Das zweitemal hielt neben ihr ein deutscher Wagen. Ein Ehepaar saß darin. Der Mann stieg aus und warf einen Brief in den Briefkasten, der am Bankgebäude hing. Dabei sah er zu Sonja, so, wie ein Mann kurz hinblickt, wenn er ein hübsches Mädchen sieht. »Halt!« hätte Sonja da rufen können und aus dem Wagen springen. »Nehmen Sie mich mit! Ich bin entführt worden! Rufen Sie die Polizei. Hilfe!«
Aber sie tat es nicht. Sie lächelte nur den Mann an.
Beim drittenmal kam das Schicksal direkt an ihr Fenster. Ein Polizist trat an den Wagen heran und grüßte charmant.
»Mademoiselle«, sagte er, »darf ich Sie darauf aufmerksam machen, daß an der hinteren Stoßstange ein großer Ast und Gras hängen?«
Sonja wurde rot, aber lächelte charmant zurück. Jetzt, dachte sie. Jetzt nur einen Satz, und Ricardo Bombani hat in fünf Minuten Handschellen um die Gelenke. Aber statt dessen antwortete sie:
»Ach! Schönen Dank. Das kommt vom Camping. Wir haben im Wald gefrühstückt.«
Der Polizist ging um den Wagen herum, löste das Gestrüpp von der Stoßstange und ging weiter.
Sonja atmete tief auf. Sie war der Freiheit so nahe gewesen. Warum tue ich es nicht, dachte sie, über sich selbst erschrocken. Wegen Bombani? Er ist der liebenswürdigste Entführer aller Zeiten, das stimmt, aber er bleibt deshalb doch ein Gangster. Aber wenn er so verzweifelt ist wie heute, tut er einem direkt

leid.
Nun saß er also neben ihr, verzweifelt und ratlos, raufte sich die Haare und wünschte sich, dieses Abenteuer nie begonnen zu haben.
»Sie sagen das so einfach: zurück nach Hamburg!« jammerte Bombani, nachdem er seine Verzweiflungsschau abgezogen hatte. »Mit den paar Francs? Und auf meine Art welche zu besorgen, darf ich ja nicht. Sie würden mich verachten, sagten Sie. Was soll ich tun. Ich liebe Sie, bella.«
»Davon werden wir auch nicht satt«, stellte Sonja nüchtern fest. »Lassen Sie mich meinen Vater anrufen, er holt mich sofort ab.«
»Und steckt mich in das Gefängnis! Unmöglich! Ich bin ein Mensch, der nur in Freiheit leben kann. Ich bin wie ein Adler, der hoch in den blauen Lüften . . .«
»Psst!« Sonja legte ihm die Hand auf den Mund. Bombani nahm schnell die Gelegenheit wahr und küßte sie. »Wir sind hier nicht am Strand. Denken wir ganz nüchtern: Ich rufe in Hamburg an, und ich verspreche Ihnen, daß Paps für Sie eine dicke Summe mitbringt, Sie nicht der Polizei übergibt und Sie zurück an die Côte d'Azur können.«
»Aber nie mehr ohne Sie, bella, nie!« Bombani hob beschwörend beide Hände. Sonja schüttelte den Kopf.
»Bleiben Sie doch auf der Erde, Ricardo. Sie wissen, ich liebe Mischa Heideck. Daran wird sich nichts ändern, auch wenn Sie ein so sympathischer Mann sind.«
»Bin ich das?«
»Ja.«
»Küß mich!«
»*So* sympathisch meine ich nun wieder nicht.« Sonja wich Bombani aus, der seinen Kopf zu ihr hinstreckte. »Also, rufen wir in Hamburg an?«
»Ich muß es mir überlegen. Fahren wir erst noch ein bißchen nach Süden.«
»Jeder Kilometer kostet wertvolle Francs, Ricardo.«
Bombani seufzte, ließ den Motor an und fuhr vom Parkplatz

hinunter. Dijon hatten sie bald durchquert, und dann kamen sie auf die Landstraße nach Macon, einer der schönsten Straßen der Welt. Sie führt durch einen Zaubergarten von Wein.
Hier begann Bombani zu trödeln. Gemächlich fuhren sie durch die Landschaft, über der ein Hauch von Gold lag. Wohin das Auge blickte, man sah: Weinhänge, verträumte Häuschen, an der Straße Weinwirtschaften, Dörfer wie aus einer Spielzeugschachtel.
Sie vertrödelten so gründlich die Zeit, daß es plötzlich Abend war und sie sich staunend ansahen.
»Der Tag ist rum«, sagte Sonja. »Eben war doch erst Vormittag!«
Sie standen am Eingang des Städtchens Beaune, zwischen den Weinhängen, auf denen Trauben reiften, aus denen später ein Wein wurde, den Genießer mit geschlossenen Augen schlürfen, und sahen hinüber zu den in der Abendsonne rot und violett schimmernden Häusern.
»Wir müssen uns ein Plätzchen für die Nacht suchen.« Bombani reckte sich. »Diesmal wird man uns nicht mehr bestehlen, denn wir haben nichts mehr.«
»Auf keinen Fall übernachte ich mehr im Freien!« Sonja schüttelte energisch den Kopf. »Ich schlafe nicht mehr im Auto. Lassen Sie sich was einfallen.«
»Mit den paar Francs?!«
»Sie hätten Paps anrufen sollen! Er könnte jetzt schon bald hier sein.«
Bombani schwieg. Der Gedanke, sich von Sonja zu trennen, war ihm widerwärtig. Und an Widerwärtigkeiten wollte er nicht denken. Er fuhr nach Beaune hinein, parkte wieder auf dem typischen Marktplatz und zog los, um ein Quartier zu finden. Nach zehn Minuten war er wieder da. Sein Gesicht leuchtete.
»An Ihrer Freude sehe ich, daß Sie wieder etwas ausgeheckt haben«, stellte Sonja kritisch fest. »Was ist's, Ricardo?«
»Wir haben ein Nachtlager! Für zehn Francs. Im ›Roten Ochsen von Burgund‹. Allerdings ein Kämmerchen unterm Dach.«

»Der Name klingt genau wie nach zehn Francs.« Sonja stieg aus dem Auto. »Und was noch?«
»Für zehn Francs war leider nur ein Doppelzimmer zu haben. Ein Einzelzimmer kostet sieben Francs, mal zwei macht vierzehn Francs. Ich habe gedacht: Sparen wir vier Francs?« Bombani lächelte treu und jungenhaft. Sonja verzog die schönen Lippen.
»Sie sind *doch* ein großer Gauner, Ricardo! Bevor ich Ihren ›Roten Ochsen von Burgund‹ überhaupt besichtige, stelle ich eine Bedingung: Wenn Sie einen Zentimeter über Ihre Betthälfte in mein Bett rücken, schreie ich, als wollten Sie mich abstechen! Ist das klar?«
»Ganz klar! Warum sind Sie aber so grausam?«
»Weil ich ein treues und anständiges Mädchen bin.«
»Und das muß mir passieren . . .« Bombani seufzte, machte eine theatralische Bewegung, und dann lachten sie beide und gingen hinüber zu dem uralten Gasthaus, dessen Schild fast vollständig vom Efeu überwuchert war.
»Goldener Ochse von Burgund«. Gegründet 1349 war noch zu lesen. Oben in der Dachkammer schlossen sich Bombani und Sonja ein und standen vor dem breiten Doppelbett. Bombani begann, sich auszuziehen.
»Was machen Sie denn?« fragte Sonja stockend. »Lassen Sie das sein, oder ich schreie!«
»Es war nur die Rede von einem Zentimeter Bett. Vom Ausziehen wurde nicht gesprochen.«
»Das gehört dazu! Schluß!«
»Ich kann so beengt nicht schlafen!« erklärte Bombani scheinheilig.
»Im Auto ging es auch!«
»Aber hier ist ein richtiges Bett. Betten üben einen ungeheuren Reiz auf mich aus!«
»Dann trinken Sie kaltes Wasser und kühlen sich ab!« Sonja schlug das Federbett zurück und legte sich angezogen auf die dicke Matratze, Bombani tat es ihr nach, aber die Schuhe zog er doch aus.

»Mit Schuhen ins Bett gehen zu müssen, werden Sie wohl nicht verlangen?« sagte er dabei.
Bombani schlief schon längst und schnarchte grausam, als Sonja noch immer wach lag und auf den Fleck starrte, der das Fenster war. Draußen war eine mondmilchige Nacht.
Morgen ist alles zu Ende, dachte sie, fast ein wenig traurig. Morgen rufen wir Paps an. Mein Gott, welches Glück, habe ich gehabt, von Bombani entführt worden zu sein. Wie anders hätte alles werden können, wie grausam, wie tödlich!
Sie zog schaudernd die Schultern zusammen und wachte auf, weil Bombani sie weckte. Sie war unmerklich in Schlaf geglitten.

Es war heller Tag. Die Sonne Burgunds lag wieder golden über den Weinhängen. Lastwagen rappelten durch die Straße, vor dem Haus fand ein Wortwechsel statt. Irgendwo wurden Holzfässer verladen, man hörte das dumpfe Poltern.
»Es ist aus!« stöhnte Bombani und schwenkte die Zeitung. »Es ist alles aus! Die Zeit hat uns besiegt!« Aber plötzlich jubelte er, riß Sonja aus dem Bett an sich und küßte sie, bevor sie sich wehren konnte. Dann gab er ihr die Zeitung und tanzte in der Kammer herum wie ein Beschwipster.
Es war das »Echo du Lyon«. Auf der ersten Seite prangte Sonja ihr Bild entgegen, das Foto von der Bucht mit der Jacht und den beiden Männern! Und daneben war eine Ausschnittvergrößerung, schön retuschiert. Die beiden Köpfe der Männer waren nun klar und deutlich zu erkennen. Und darunter eine dicke Unterschrift: »Der geheimnisvolle Chef der größten Rauschgiftschmuggelbande Europas entlarvt.«
»*Das* also war es . . .« sagte Sonja. Die Knie wurden ihr weich, sie sank auf das Bett zurück. Bombani am Fenster nickte. Er war vor Freude außer sich.
»Sie haben den großen Boß geknipst! Dieses Bild da war Millionen für ihn wert! Nun ist es zu spät, nun kennt ihn die ganze Welt! Und ich bin frei, frei! Ich brauche keine Angst mehr zu

haben!«
Er stürzte auf Sonja zu, riß ihr die Zeitung aus der Hand, schlug die zweite Seite auf.
Da war wieder ein Bild, und Sonja sah sich selbst in der Zeitung.
»Gesucht wird dieses Mädchen, Sonja Bruckmann aus Hamburg. Sie hatte das auf der Titelseite stehende Foto in St. Tropez gemacht und ist vermutlich von den Rauschgiftgangstern entführt worden, um das Negativ herauszugeben. Die Bevölkerung wird aufgerufen . . .«
Sonja ließ die Zeitung wieder sinken. Ihre schönen blauen Augen waren groß und sogar entsetzt.
»Wissen Sie, was das bedeutet, Ricardo?« fragte sie.
»Ja. Man wird mich einsperren. Sie haben auf der ganzen Linie gewonnen, bella.«
»*Das* wollte ich nicht, Ricardo. Glauben Sie mir.« Sie sprang auf, rannte zum Waschbecken, schleuderte sich ein paar Hände Wasser ins Gesicht, kämmte sich schnell und zog ihre verknautschte Kleidung gerade. »Kommen Sie.«
»Wohin?«
»Wir flüchten!«
»Madonna, wir haben ganz Frankreich gegen uns!«
»Wir werden in Hamburg anrufen und warten, bis Paps uns abholt. Von irgendwoher werden wir anrufen. Nur die Polizei soll uns nicht finden. *Sie* nicht finden! Sie sind kein schlechter Mensch. Sie sind der dümmste Kidnapper, den es gibt.«
»O bella!« Bombani breitete die Arme aus. »Das ist ein Liebesgeständnis. Darf ich Sie jetzt küssen?«
»Später, Ricardo! Jetzt heißt es erst: Weg von hier, ehe man die Polizei ruft!«
Es klappte besser, als sie dachten. Bombani bezahlte das Zimmer, kaufte noch Wein, Brot und Käse beim Wirt und lief dann Sonja nach, die, versteckt hinter ihrer dicken Sonnenbrille, schon im Auto wartete.
Mit einem heulenden Motor fuhr Bombani an, und in wenigen Minuten hatten sie Beaune verlassen.

Als der Wirt vom »Roten Ochsen von Burgund« beim Mittagessen die Zeitung durchblätterte und Sonjas Bild sah und erkannte, seine Baskenmütze gegen die Wand warf, zur Gendarmerie lief und alles erzählte, waren Bombani und Sonja schon weit über Land, ein dunkler Wagen in einer Staubwolke zwischen grünenden und duftenden Weinbergen.

Was war aber in Cannes und Hamburg geschehen?
Nicht viel, es war nur noch eine Routinearbeit gewesen.
Im Polizeilabor wurde das Negativ von Sonjas Ferienfoto vergrößert und entwickelt. Man machte Ausschnittvergrößerungen und schickte diese Fotos per Bildfunk an die Polizeipräfektur Marseille. Von dort erhielt Kommissar Jean Bouchard die Fotos und setzte sich zunächst hin, als er sie sah.
Ein guter Franzose hat immer etwas zu trinken im Schreibtisch, sei es Rotwein oder Kognak. Bouchard hatte Kognak, und er trank erst einmal vier doppelstöckige, ehe er sich wieder den Fotos zuwandte.
»Das ist doch nicht möglich!« ächzte er immer wieder. »Das ist doch nicht möglich!«
Aber es war die Wahrheit – auch nach vier Kognaks sahen die Gesichter nicht anders aus. Bouchard packte die Bilder in eine rote Mappe, klemmte sie unter den Arm und fuhr zum Polizeipräfekten von Cannes. Es war ein schwerer Gang. Und er wußte, daß er in absehbarer Zeit einen neuen Präfekten bekommen würde.
»Wir haben das Haupt des Rauschgiftringes«, sagte Bouchard zu seinem Chef und legte die Mappe auf den Mahagonischreibtisch. »Ich habe die Fotos. Der eine der beiden Manager des Todes sitzt bereits, es ist Roger Corbet. Der andere ... wenn Sie einen Blick auf das Foto werfen, Herr Präfekt!«
Der schlug die Mappe auf, und dann wurde es still in dem großen Zimmer. Im Gesicht des Präfekten zuckte es.
»Charles ...« sagte er mit gebrochener Stimme. »Charles du Bonquour. Ist das die Wahrheit, Bouchard?«
»Die volle, Herr Präfekt. Charles du Bonquour, Präsident der

Riviera-Bank, bis zu dieser Minute in aller Augen ein untadeliger Gentleman, millionenschwer, geehrt, Spender vieler Stiftungen, Mitglied aller feudalen Clubs . . .«

»Sie haben aus Höflichkeit etwas vergessen, Bouchard: der beste Freund des Präfekten.«

»Er hat uns alle getäuscht, Monsieur.«

Der Präfekt nickte. Er kam sich vor wie in einer Wüste ausgesetzt, ohne Hoffnung, trostlos und verlassen. Mit zitternder Hand unterschrieb er den Haftbefehl, den Bouchard ihm wortlos vorlegte.

»Tun Sie Ihre Pflicht, Kommissar«, sagte er dann. »Ich werde über Sie einen lobenden Bericht schreiben.«

Als am nächsten Tag in den Zeitungen die Fotos erschienen, hatte sich der Präfekt bereits krank gemeldet und war auf dem Wege nach Paris, zur Erholung, aus der er nicht wiederkommen wollte. Bouchard aber saß wütend in der Zelle des Untersuchungsgefängnisses von Cannes dem wenig erschütterten Roger Corbet gegenüber.

Mr. Zero, der große Boß, war weg. Als Bouchard in der schloßähnlichen Villa erschien, ihn zu verhaften, war nur noch die Dienerschaft da. Charles du Bonquour war abgereist. Nach Marseille. Und in Marseille erfuhr Bouchard, daß Mr. Zero mit einer planmäßigen Linienmaschine nach Tanger geflogen war. In Tanger aber war er sicher trotz guter Polizei, trotz Interpol. In Tanger gab es genug Leute, die den großen Boß so lange versteckten, bis irgendwo auf der Welt ein neuer Platz für ihn gefunden war. War er gewarnt worden, hatte er Ahnungen, ein angeborenes feines Gefühl für die Gefahr? Niemand wußte es. Mr. Zero tauchte unter in den Weiten Afrikas und im Gewirr der Straßen von Tanger . . .

»Nun werden Sie alles allein ausfressen, Corbet«, sagte Bouchard wütend. »Und wenn dem Mädchen was passiert . . .«

»Erst Beweise, lieber Kommissar.« Corbet lächelte. »Ich habe den Mann auf dem Foto zufällig am Strand getroffen. Er ging allein spazieren und wollte Feuer für seine Zigarette. Erst hinterher erfuhr ich, wer's war. War mächtig stolz auf diese flüch-

tige Bekanntschaft!«
Mit einem unschönen Fluch verließ Bouchard die Zelle. Diese Millionengangster sind wie Quallen, dachte er. Sie glitschen einem aus den Händen.

Am nächsten Morgen saß auf der Terrasse des Hotels Oasis in Tanger ein weißgekleideter, vornehmer älterer Herr am Kaffeetisch, las die Zeitung und trank in aller Ruhe seinen Tee mit Zitrone, aß ein Brötchen und eine halbe Orange. Interessiert betrachtete er das Bild des Monsieur Bonquour auf der Titelseite, ließ dann die Zeitung sinken und blickte über Tanger und das blaue Meer. Der Geschäftsführer des Hotels Oasis kam auf die Terrasse und schwenkte lachend ebenfalls eine Zeitung.
»Ein gutes Bild!« sagte er. »Aber wenn Sie sich die Haare färben, einen Bart wachsen lassen und etwas hinken und am Stock gehen, wird Sie niemand mehr erkennen.«
»Und außerdem fliege ich übermorgen nach Hongkong und bleibe dort zwei Jahre in der Zentrale.«
»Ein guter Gedanke, Monsieur.«
Charles du Bonquour, der große Mr. Zero, sah wieder übers Meer. Er war trotz allem zufrieden. Das Leben zu retten, war mehr wert als vier Schiffsladungen Heroin.
Er reckte sich in der Sonne und beschloß, später ein paar Runden im Swimmingpool zu drehen. Hier im Hotel Oasis war er sicher, hier verriet ihn keiner.
Das Hotel gehörte ihm.

Das Benzin reichte bis Macon, der alten Weinstadt, dann stotterte der Motor und blieb schließlich stehen. Bombani kaufte noch an der nahe liegenden Tankstelle zwei Liter Super, und damit kamen sie bis mitten in die Stadt und stellten den Wagen am Straßenrand ab.
»Das ist also das Ende«, sagte Bombani und legte den Arm um Sonjas Schulter. »Dort ist das Postamt. Rufen Sie Ihren Papa an. Noch eins: Wieviel, glauben Sie, wird er mir wohl geben?«
Er machte ein unglückliches Gesicht, ließ Sonja los und

scharrte mit den Schuhspitzen über das Pflaster. »Ich hatte eigentlich vor, nachdem ich mich in Sie verliebt hatte und mir sowieso den Zorn Mr. Zeros gezogen hatte, auf eigene Rechnung zu arbeiten. Ich dachte an 100 000 Deutsche Mark. Ein angemessener Preis!«
»Sie sind doch ein Gauner!« rief Sonja. »Und warum denken Sie jetzt anders?«
»Weil ich ein schlechter Gauner bin!« Bombani atmete tief auf. »Ich liebe Sie zu sehr, um Sie zu verkaufen!«
»Das ist ein edler Zug an Ihnen, Ricardo.« Sonja mußte lächeln. Wie kann ein Gangster nur so menschlich sein, daß man fast Mitleid mit ihm hat und ihn wie einen gefallenen Jungen streicheln könnte? »Ich rufe jetzt Paps an!«
Bombani nickte. Ihm war die Kehle wie zugeschnürt. So hoffnungslos von Anfang an auch seine Liebe zu Sonja gewesen war, nun wo die Trennung für immer bevorstand, kam es ihm vor, als verliere er seinen größten Schatz. Er führte sie ins Postamt und lehnte an der Wand, während Sonja am Schalter die Hamburger Nummer nannte und wartete, bis die Verbindung hergestellt war.
»Kabine 1, Mademoiselle!«
Das Telefon klingelte, Sonja hob mit zitternden Fingern ab.
»Ja?« sagte sie zaghaft. »Ja, wer ist da?!«
Weit, weit, in Hamburg, antwortete ihr ein Aufschrei.
»Sonja! Sonja! Mein Gott, wo bist du! Von wo rufst du an? Wie geht es dir? Sonja ...«
»Mischa ...« Sonja lehnte den Kopf gegen den Wandapparat, und plötzlich schossen ihr die Tränen in die Augen, sie weinte und kam nicht dagegen an, so dumm sie es auch fand, jetzt zu weinen, statt zu lachen. »Mischa ... mir ... mir geht es gut ... Wo ist Paps?«
»Neben mir ... warte ...«
»Sonja, mein Kleines ...« Das war die Stimme Thomas Bruckmanns. Laut, sich überschlagend, fremd in der Erregung. »Mein Liebling, wo bist du?«
»Ach Paps ... Paps, wo ist Mami?«

»Im Bett. Sie hat einen Nervenschock. Mein Gott, so sag doch schon, wo du bist, Sonja!«
»Die arme Mami.« Sonja schloß die Augen. Die Tränen liefen ihr über beide Wangen. »Es ist ja alles gut, Paps. Sag es ihr. Es ist nichts passiert. Man hat mich entführt, wegen des Bildes, das wißt ihr ja nun alles. Holt mich ab. Ich bin in Macon.«
»Wo?« schrie Thomas Bruckmann. »In Macon?«
»Ja. An der Saône. Hinter Dijon. Überall Weingärten, blauer Himmel, Sonne, fröhliche Menschen, es ist so schön hier. Hol mich, Paps! Wir ... wir stehen auf dem Marktplatz, mit einem großen, schwarzen Wagen mit einem CD-Schild. Tschüs, Paps.«
Sie legte auf. Sie hatte nicht mehr die Kraft, weitere Fragen zu hören. Sie weinte noch ein paar Minuten, nachdem sie aufgelegt hatte, in der Kabine und kam dann mit verquollenem Gesicht heraus.
»Neunzehn Francs«, sagte der Postbeamte.
Bombani zahlte, faßte Sonja am Arm und zog sie aus dem Postamt. »Jetzt sind wir pleite«, sagte er leise. »Ich habe noch vier Francs und elf Centimes.«
»Es reicht für ein Abendessen, nicht wahr?«
»Für Brot, Käse und einen Liter Wein.«
»Was wollen wir mehr? Am Abend ist Paps hier!«
»Ein schrecklicher Gedanke.« Bombani setzte sich in die offene Tür des Wagens. »Ich werde Monate brauchen, um Sie zu vergessen!
»Aber es muß sein, Ricardo.« Sie strich ihm über die schwarzen, zerwühlten Locken, und es war so, als tröste sie einen weinenden Jungen.

In Hamburg einigte man sich, daß Mischa Heideck allein nach Macon fahren sollte. Irene Bruckmann war zu schwach, um schon aufzustehen, Thomas Bruckmann bekam nach dem Anruf seiner Tochter einen Herzanfall und wurde vom Hausarzt zur völligen Ruhe verbannt, so sehr er auch bettelte und flehte und versprach, sich nicht weiter aufzuregen. Erst die Drohung, ihn ins Krankenhaus zu stecken, wirkte. Resigniert blieb er in einem großen Sessel hocken und stimmte zu, daß Mischa allein nach Frankreich fuhr.

Mit der nächsten Maschine, die von Hamburg abflog, reiste Mischa nach Paris. In Orly, dem Flugplatz von Paris, charterte er eine zweisitzige Privatmaschine und flog mit einem Fluglehrer nach Lyon. Dort mietete er sich einen Sportwagen und raste die Saône hinauf nach Macon. Für ihn gab es keine Weingärten, keinen Duft von Reben und keine goldüberhauchten Hügel. Er fraß Kilometer, raste über die Straße und überholte andere Wagen oder Pferdefuhrwerke mit heulender Hupe.

Bombani und Sonja saßen gerade auf den Rücksitzen und aßen Brot und Käse, tranken Wein aus der Flasche und lachten über Erzählungen, die Bombani aus seinem Leben zum besten gab, als Mischa wie ein Irrer aus einer Straße heraus auf den Marktplatz schoß und mit ohrenzerreißendem Quietschen vor dem großen CD-Wagen bremste. Bombani verschluckte sich, Sonja ließ ihr Käsestück fallen.

»Da ist er!« schrie sie.

»Ja, da ist er!« sagte Bombani dumpf. »Mein Leiden beginnt.«

Mit einem Satz sprang Sonja aus dem Wagen. Fast gleichzeitig stürzte auch Mischa heraus, sie liefen sich mit ausgebreiteten Armen entgegen, trafen wie zwei Wellen aufeinander, umschlangen sich, und alle Sehnsucht, alle Angst, aller Kummer lösten sich in einem langen, seligen Kuß.

»Mischa . . .« keuchte Sonja atemlos. »O Mischa!«

»Sonja! Diese Tage waren furchtbar! Oh, Gott, wie liebe ich dich . . .«

Sie küßten sich wieder, mitten auf dem Platz, und keiner nahm davon Notiz, den Küssen gehört in Frankreich zum täglichen Brot.

»Der Glückliche«, murmelte bloß Bombani traurig. Er trank die Rotweinflasche leer und nickte vor sich hin. So leer wie diese Flasche war nun sein Leben.

Und dann war alles anders, als es Bombani gedacht hatte. Mischa hörte ihm und Sonja zu, und was sie erzählten, war so phantastisch, daß Misch am Schluß beide Hände Bombani entgegenstreckte.

»Dann habe ich Ihnen zu verdanken, daß Sonja nichts geschehen ist«, sagte er. »Eigentlich wollte ich Ihnen den Schädel einschlagen, aber so ... Sie sind wirklich der merkwürdigste Ganove unter dieser Sonne. Sie sollen nicht umsonst gearbeitet haben. Wieviel wollen Sie?«

Bombani fuhr auf. Sein schönes Gesicht zeigte tiefste Beleidigung. »Schenken? Mir? Geld? Monsieur, wären Sie nicht Sonjas Verlobter, ich schlüge Sie zu Boden! Ein Bombani verdient sein Geld!« Er legte die Hand auf die Schulter Sonjas. »Sie sind gekommen, Ihre Braut freizukaufen, nicht wahr? Gut – wieviel bieten Sie?«

Mischa lächelte amüsiert. Er machte das Spielchen mit.

»Was dachten Sie, mein Freund?«

»Das hat keinen Sinn mehr. Ich muß, den Umständen entsprechend, meine Ansprüche herunterschrauben. Nennen Sie eine Summe, die Sie zum Beispiel brauchen würden, um irgendwo wieder Fuß zu fassen. Ich brauche drei neue Anzüge, dazu die Strümpfe und Schuhe, vier Hemden, sechs schöne Krawatten, Unterwäsche, einige Parfüms und Rasierzeug, Kapital für eine Woche Wohnung, standesgemäß natürlich, und für die Leihgebühr eines Sportwagens. Mit diesem Startkapital könnte es gelingen, in Alassio vielleicht neue Bekanntschaften zu machen. Dann läuft alles von allein.«

»Welch ein Gauner!« Sonja lachte laut und legte den Arm um Mischas Schulter. »So sind die Männer! Pfui!«

»Ich gebe Ihnen 3 000 Mark! Genug?« sagte Mischa.

»Man muß sich dem Schicksal fügen.« Bombani setzte sich wieder. »Monsieur, Sie sind ein Mann von Welt, man sieht es gleich. Es freut mich, daß gerade Sie Sonja heiraten werden, ich gönne sie Ihnen.«

In das herrlichtste Abendrot hinein, das Sonja je gesehen hatte, fuhren sie zurück nach Lyon, wo die Privatmaschine auf Mischa wartete, um ihn und Sonja nach Paris zu bringen. Bombani folgte ihnen in einem Mietwagen, und als Mischa zum

Flugplatz abbog, hupte Bombani hinter ihnen, winkte und fuhr schnell an ihnen vorbei.
Addio, bella bionda. Addio für immer, dachte er wehmütig.
Langsam fuhr Mischa weiter, der Abend überzog den Himmel mit Purpur und Gold.
»Von jetzt ab gibt es solche Ausflüge in die Welt nicht mehr«, sagte er leise. »Von jetzt an bin ich immer dabei. Wir heiraten in sechs Wochen.«
Sonja nickte und lehnte den Kopf an Mischas Schulter. Über ihrem Gesicht lag das Gold der untergehenden Sonne. Und golden vor Glück war auch ihr Herz.